新潮文庫

灼熱の魂

ワジディ・ムアワッド
大林　薫訳

ナイラ・ムアワッドとナタリー・スルタンへ
——ひとりはアラブ人、ひとりはユダヤ人
どちらもわたしと血を分けた姉妹である

灼熱の魂

無情な慰め

『灼熱《しゃくねつ》の魂（*Incendies*）』は、一九九七年執筆・初演の『沿岸　頼むから静かに死んでくれ（*Littoral*）』から始まる四部作の第二作である。『沿岸』の続編ではないが、『灼熱の魂』でも、やはりルーツという問題について考えている。次の第三作はどこへ向かっていくのか、いつから取り組むのか、それはまだ定かではない。だとしても、少し前から、ある言葉がわたしの頭の中を占めていることは確かだ。それはタイトルかもしれないし、舞台となる場所かもしれない。いずれにせよ、その言葉が第三作のサインとなるような気がする。その言葉とは〝Forêts（森林）〟である。

『沿岸』でもそうだったが、『灼熱の魂』は俳優たちの協力なくしては日の目を見ることはなかっただろう。その意味において、シナリオを書きつつ演出をつけるというやりかたは『沿岸』から続いているとも言える。というのも、『灼熱の魂』のテクストもまた、十か月にわたる稽古《けいこ》の場を通して書きあげていったからだ。

俳優たちの献身がいかに偉大なものであったか、是非ともここに記しておきたい。レダ・ゲリニクがこのプロジェクトに参加していなかったら、シモンがボクサーになることはなかっただろう。マリー＝クロード・ラングロワがいなければ、サウダはあんなに怒りを爆発させはしなかっただろうし、エリック・ベルニエとの共同作業がなければ、ニハドは歌を歌わなかったかもしれない。登場人物を通して演者をまる裸にし、演者を通して登場人物をまる裸にする必要があり、そうすることで両者を分かつ心理的な隔たりは取り払われる。虚構、見せかけ、想像の空間だけでは両者が渾然一体《こんぜんいったい》となることはない。そこで、シナリオを書く前、わたしたちは〝慰め〟について話しあった。無情な慰めの場としてのステージ。無情な慰め。わたしはすでにトンネルの中に足を一歩踏み入れていた。ある精神。ある感覚。言葉が次々と出てくる。わたしは歩きだした。暗闇《くらやみ》の中の歩行。わたしを導く俳優たちの声。ある日、こんな質問を投げてみた。「みんなはステージの上でどんなことをしたいのか？　どんなことが言いたいのか？　どんなアクションを披露し、どんな空想世界を実現したいのか？」なんでもありだった。ギャグからシリアスまで、突拍子もないものからごくごくありふれたものまで。言うだけならタダである。すると、レダがボクシングの話を始めた。マリー＝クロードは主人公の腹心の友の役について語った。三人のナワルのひとりを演じることになるアニック・ベルジュロンはタップダンスをする気満々だったし、エルミル・ルベルを演じるリシャール・テリオーは、ティム・ジョーンズを歌いたそうだった。それぞれ幼少期や思春期の空想を打ち明けていく様子を見るのは可笑《おか》しくもあり、切なくもあったが、そのどの欲望にも紛れもない真実が含まれていた。五月のある日、テーブルを囲んで率直に語られたその欲望のすべては、わたしひとりでは絶対に思いつかない手がかりになった。なにもかも考慮に入れるわけにはいかなかったが、往々にして、物語を組み立てる上でのヒントが得られた。なにより度肝を抜かれた例は、道化師の鼻だ。少女時代のナワルを演じることになるイザベル・ロアは、おどけていない道化師に扮《ふん》してみたいという夢があるのだという。ナワルとおどけていない道化師のあいだには大きなギャップがあったが、この道化師のアイディアが、驚くような展開をたどり、物語の伏線のひとつとなる。子どもらしい空想の先には、ひとりひとりのアイディアや言葉もあったのだ。話題に上ったのは、領土、復興、レバノン内戦、ノア、アビティビ（カナダ・ケベック州の地方の名称、オンタリオ州とケベック州の境界にある湖の名称、または、アビティビ湖から北西に流れる川の名称）。さらには、離婚、結婚、演劇、神にまで及び、現在の世界やイラク戦争の話もあり、アメリカ大陸発見といった過去の世界についても語りあった。

それから、書く作業が始まり、続いて舞台稽古が始まった。執筆作業に合わせて舞台美術の作業も進めていかなければならなかった。わたしはこの期間を通じて、シナリオを書く道筋をつけるために、劇団のスタッフと俳優が一丸となったことがなによりも重要だと感じた。こうして話を聞かせてもらったり、協力を得たり、メンバーひとりひとりの積極的な取り組みがなければ、わたしは書くことができなかっただろう。話すこと、聞いてもらうことは大切である。『灼熱の魂』はこの演劇集団から生まれ、そのテクストは、わたしの手を通して書かれた。少しずつ、最後の言葉まで。

ワジディ・ムアワッド

二〇〇三年三月二十三日

主要登場人物

ナワル・マルワン………………母親
ジャンヌ…………………………ナワルの娘。双子の姉
シモン……………………………ナワルの息子。双子の弟
エルミル・ルベル………………公証人
アントワーヌ・デュシャルム…元看護師。劇場の音響係
サウダ……………………………ナワルの友人
ニハド……………………………戦場カメラマン

INCENDIE DE NAWAL

ナワルの業火《ごうか》

一　公証人

昼間。夏。公証人のオフィス。

エルミル・ルベル　もちろんね、ええ、もちろん、鳥が飛んでいるのを眺めるほうがずっといいに決まってます。なにもいま話すようなことじゃありませんがね、ここからは鳥は見えず、代わりに車やショッピングセンターが見えます。前のオフィスはこのビルの反対側にあって、高速道路に面していました。海が見えるわけでもなし、結局窓には看板を出しました。《公証人　エルミル・ルベル》とね。ラッシュアワーには目を引いて、なかなかいい宣伝になったもんです。こちら側に移ったら、こんどはショッピングセンターときた。ショッピングセンターは鳥とは違いますからね。昔、わたしは鳥を一匹、二匹と数えていたんです。鳥は一羽、二羽と数えるものだと教えてくれたのは、きみたちのお母さんですよ。すみません。まだ悲しみも癒《い》えぬうちから、お母さんのことでお話をするのは気が引けますが、どうしてもやらなくてはならないことなので。わたしも、まあ、それで食べているものですから。仕事なんて、そんなものです。さあさ、中へどうぞ、どうぞ、どうぞ。そんなところに突っ立っていないで。そこは通路ですから。こちらがわたしの新しいオフィスです。まだ引っ越したばかりでね。ほかの公証人はこのビルから出ていってしまいました。この地区の公証人は、わたしひとりきりです。こちらに移ってからはだいぶ快適です。高速道路は反対側ですから、騒音も減りました。ラッシュアワーの宣伝効果はもう得られませんが、窓を開け放しておくことができます。エアコンをまだ設置していないので、ちょうどよかった。

まあ、それはいいとして。

もちろんね、お呼びだてしたのは込み入った話があって。

さあさ、中へどうぞ、どうぞ、どうぞ！ そんなところに立っていないで。そこは通路ですから！

そうは言っても、わかりますよ。中に入りたくないという気持ちはわかります。

わたしだったら、入りません。

まあ、それはいいとして。

もちろんね、ええ、もちろん、きみたちにはこんな形では会いたくなかった。ですが、思いどおりにはいかないというか、そもそも予見するのもむずかしいというか。死を予見することはできません。死は無言です。死はあらゆる約束を破壊します。死ぬのはまだ先だなんて思っていても、死のほうから勝手に訪れます。わたしはきみたちのお母さんが好きでした。何度でも言いますよ。お母さんのことが好きでした。お母さんはよく、きみたちの話をしていました。実際のところは、「よく」ってほどでもないけれどね、以前は話してくれたんです。少しだけ、たまにね。きみたちのことは双子《ふたご》たちと呼んでいました。よく、双子の姉のほうが、とか、双子の弟のほうが、なんて言っていましたっけ。ほら、お母さんは誰にも口を利《き》こうとしませんでしたよね。実は、すっかり口を閉ざしてしまう前から、お母さんは寡黙《かもく》になり、きみたちの話をまったくしなくなった。そんな感じだったのです。亡《な》くなったときは、雨が降っていました。なぜでしょうね。空が泣くなんて、わたしには辛《つら》すぎた。お母さんが生まれた国ではめったに雨が降りません。だから、天気の話はこれくらいにしておきましょう。それでなくても、お母さんがたいへんな時代を、辛い時間を過ごされたことが遺言書からうかがえますから。遺言書については、鳥の話をするようにはいきません。もちろん、別次元の話です。ミステリアスでエキセントリックな内容ですが、無視するわけにはいかないのです。つまり、そこには避けては通れない道があるのです。ちょっと失礼。

エルミル、嗚咽《おえつ》する。

二　遺言

数分後。

公証人。双子の姉弟。

エルミル・ルベル　ナワル・マルワン氏の遺言書。遺言者の口授する内容を公証人が筆記し、読みあげる際は、レストラン〈ベトコン・バーガーズ〉の主人、チン・シャオ・フォン氏、及び同レストランのウェイトレス、シュザンヌ・ラモンターニュ氏の二名が証人として立ち会った。

レストランはこのビルの一階にありました。当時、二名の証人が必要になると、わたしはいつも、チン・シャオ・フォンに頼みにいったものです。すると、彼はシュザンヌを伴って事務所まで来てくれました。奥さんのフイ・フワ・シャオ・フォンが店番をしていました。現在、レストランは営業していません。閉店したんです。チンが亡くなってね。奥さんは、わたしの同業のイヴォン・ヴァション先生の事務所で事務員をしていたレアル・ブシャールと再婚しました。人生なんて、そんなものです。いずれにしても。

遺言書は、遺言者の二名の実子、ジャンヌ・マルワンとシモン・マルワン同席のもとで開封されるものである。両名は一九八〇年八月二十日、近隣のヴィル＝エマールのサン＝フランソワ病院にて生まれ、現在二十二歳である。

遺言者の意思により、法令に従いナワル・マルワン氏の権利を保障し、公証人エルミル・ルベルを遺言執行者として任命するものとする。

お伝えしておきたいのは、これはお母さんが決めたことだということです。わたしは個人的に反対し、やめたほうがいいと進言しましたが、お母さんの意志は固かった。お断りしてもよかったのですが、わたしには断ることができませんでした。

公証人、遺言状を開封する。

わたしの全財産は、わたしの胎内から生まれ出た双子たち、ジャンヌ・マルワンとシモン・マルワンが均等に相続するものとします。現預金は均等に相続させ、動産は双子たちの希望と同意に従って配分すること。争いやトラブルが生じる場合は、遺言執行者が動産を売却するものとし、双子の姉と弟でその収益を半分ずつ分けあうこと。衣類は、遺言執行者が選定した慈善団体に寄付すること。

わが友、公証人のエルミル・ルベルには黒い万年筆を遺贈します。
ジャンヌ・マルワンには、背中に72と記された緑の上着を遺《のこ》します。
シモン・マルワンには、赤いノートを遺します。

公証人、三つの品を取り出す。

埋葬について。
公証人エルミル・ルベルへ。

友よ、
双子たちを埋葬に連れていき、
わたしを裸のまま葬《ほうむ》ってください。
納棺はせず、そのまま埋めてください。
衣服も、覆《おお》いも、
祈禱《きとう》も要りません。
顔を地面のほうに向け、
うつ伏せになるように、
わたしを穴の中に放りこんでください。
別れを告げる代わりに、
めいめい、手桶《ておけ》で一杯ずつ
冷水を浴びせかけてください。
それから土をかけ、墓穴を塞《ふさ》いでください。
墓石と墓碑銘について。
公証人エルミル・ルベルへ。

友よ、
わたしの墓にはいっさい石を置かず、
どこにもわたしの名前を刻まないでください。
約束を果たせない者のために刻む言葉はありません。
約束は果たせていませんから。
口を閉ざす者のために刻む言葉はありません。
口は閉ざされたままですから。
石は置きません。
石に刻む名前はありません。
石もなく、石に刻む名前がない者のために、刻む言葉はありません。
名前はありません。

ジャンヌとシモン、シモンとジャンヌへ。
子ども時代は胸に刺さったナイフ。
容易にそれを引き抜くことはできません。

ジャンヌ、
公証人のルベル先生があなたに封筒を渡すでしょう。
その封筒はあなたに宛《あ》てたものではありません。
それは、あなたの父親に宛てたものです。
あなたとシモンの父親に。
父親を探し出して、封筒を渡しなさい。

シモン、
公証人のルベル先生があなたに封筒を渡すでしょう。
その封筒はあなたに宛てたものではありません。
それは、あなたの兄に宛てたものです。
あなたとジャンヌの兄に。
兄を探し出して、封筒を渡しなさい。

それぞれの封筒がそれぞれの受取人に手渡されたとき、
一通の手紙があなたがたに渡され、

沈黙が破られ、
そのとき、わたしの墓には石が置かれ、
太陽のもと、わたしの名前がそこに刻まれるでしょう。

長い沈黙。

シモン まったく、あのババア、最後の最後まで人に迷惑をかけやがって！　ちくしょう！　くそババア！　あばずれ！　恥知らず！　人でなし！　ごみかす！　最後の最後のその先まで迷惑をかけやがって！　こっちはずっと思っていたんだ、毎日。いずれ、あいつはくたばって、俺たちを困らせることはできなくなる、俺たちがあのメス豚にむかつくことはなくなるって！　ついにその日がやって来て、バンザイ！　やっとくたばりやがったって、ホッとひと息ついたとたん、どうだ、こんなサプライズが待っていたとは！　まだ終わってなかったんだ！　くそっ！　まさか置き土産があるとは思ってもみなかった。なかなかお目にかかれるもんじゃないぜ、こんなけっこうな置き土産！　あいつは計画を立てていたんだ。厄介事だとじゅうじゅう承知のうえで！　ちくしょう、死体だろうがなんだろうが、ぶちのめしてやる！　うつ伏せにして埋めてくれだと？　もちろんだとも！　もちろん、そうしてやるよ！　でもって、その上から唾《つば》を吐きかけてやる！

沈黙。

とにかく、俺は唾を吐きかけるからな！

沈黙。

あいつは死んだ。でもって、死ぬ間際《まぎわ》に、俺たちにこれまで以上に肩身の狭い思いをさせるにはどうすればいいか考えていたんだ！　じっと座って、あれこれ考えて、で、見つけた方法がこれだ！　遺言書を作ることだ！　くそみたいな遺言書を！

エルミル・ルベル　お母さんが遺言書を作成したのは五年前ですよ！

シモン　いつ作ったかなんて、そんなの関係ない！

エルミル・ルベル　いいですか！　お母さんは亡くなったんですよ！　きみたちのお母さんは亡くなっているんです。わたしは亡くなった人の話をしているのです。故人のことをよく知らなくても、その人がその人なりの人生を生きたことは事実です。亡くなった人がまだ若くても、働き盛りでも、老人でも！　だから、その人生の中心にはきっと意味深いものがあるに違いない。そのことが大事なんです！　つまり、きみがババア呼ばわりする女性が生き抜いた人生は忌《い》まわしいものだったかもしれないが、そのどこかに、なんらかの価値があるはずなんです！

シモン　俺は泣かない！　絶対に泣きませんから！　あいつはくたばりやがった！　ヘイ！　ざまあみやがれ！　死んでくれてせいせいするぜ！　あいつに、あのババアに対して、こっちが負わなければならない義務なんて、なにひとつありませんから。涙を流す義務もない！　みんなは言いたいように言うでしょうね。おまえは母親が死んだのに泣かなかったと。そしたら、こう言い返してやりますよ。あれは俺の母親じゃない。赤の他人だって。怒られるかな？　怒られますよね。でも、俺は悲しむふりなんかしない！　あいつのために泣いたりするもんか！　あいつが涙を流したことがあるか？ 俺のために。ジャンヌのために。あいつの胸にあるのはハートじゃない。レンガだ。人はレンガのために涙は流さない。レンガを思って泣きはしない。ハートなんかじゃない！ レンガだ、ちくしょう、レンガだ！ これ以上話を聞くのはごめんです！ もうなにも知りたくない！

エルミル・ルベル しかし、お母さんはきみたちに願いを託した。ふたりの名前が遺言書に記載されています。

シモン だからなにさ！ 俺たちはあいつの子どもだけど、あいつのことはあんたのほうが詳しいってことかよ！ 俺たちの名前がそこに書いてあるからなんだっていうんだ！ それがどうした！

エルミル・ルベル 封筒、ノート、通帳……。

シモン あいつの遺した金もノートも要らない……。そんなノートごときで俺の心を揺さぶろうって魂胆か！ なによりふるっているのは、そいつだ！ その遺言書ですよ！　あなたの父親と兄を探し出しなさいだと？　用があるなら、なぜ自分で探さなかった？　ふざけんな！　どこにいるかもわからないもうひとりの息子のことをそこまで必要としているのなら、なぜ俺たちのことは気にかけてもくれなかったのか？　なぜそのふざけた遺言書には、《わたしの子ども》という言葉が一度も使われていないのか？　俺たちは《息子》でも《娘》でもないのか！　こけにしやがって！　馬鹿《ばか》にするな！　なぜ、《双子たち》なんて言うんだ⁈　なぜ《わたしの胎内から出てきた双子の姉と弟》なんて言いかたをする？　まるで俺たちがゲロかクソみたいじゃないか！　なぜだよ⁈

エルミル・ルベル　まあ、まあ、お気持ちはわかります。

シモン　あんたになにがわかるっていうんだ、馬鹿野郎！

エルミル・ルベル　よくわかりますよ。こんな話を聞かされたあとでは、まったく度肝を抜かれて、ここはどこ、わたしは誰と言いたくなるような気持ちにもなるでしょう。わかりますよ、もちろん、わかります！　死んだと思っていた父親がいまも生きていて、この世のどこかに兄がいることを知らされるなんて、そうそうあるもんじゃないですから！

シモン　父親なんていない。兄なんていない。そんなのデタラメだ！

エルミル・ルベル　遺言書の内容はデタラメではありません！　デタラメなことなんてありませんよ！

シモン　あいつのことなんて知らないくせに！

エルミル・ルベル　別の観点から言えば、知っていますよ！

シモン　とにかく、そちらと議論する気はないですから！

エルミル・ルベル　お母さんのことを信じてあげなさい！

シモン　そんな気にはなれない……。

エルミル・ルベル　お母さんなりの理由があるのです。

シモン　あんたと議論する気はないって！　こっちは十日後にボクシングの試合を控えているんだ。だから、なにも知りたくない！　埋葬には行きます。それでいいじゃないですか！　葬儀屋に行って、棺を買って、棺にあいつを入れてやって、墓穴に棺を納めて、土をかけて、石を置いて、石に名前を刻んでやりますよ。それで、とっとと帰ります！

エルミル・ルベル　そういうわけにはいきません！　お母さんの遺志を尊重しないことになります。故人の遺志に反することは認められません！

シモン　認めないって、あんた、何さまのつもりだよ！

エルミル・ルベル　残念ながらわたしはお母さんの遺言執行者ですので。きみとわたしでは、お母さんについて見解の相違があるようです！

シモン　どうして、あんな女の言葉を真に受けるんです？　あのね、十年間、あいつの日常は法廷の中にあったんですよ。ありとあらゆる変態や悪党や人殺しどものいつ終わるとも知れない裁判に出廷しつづけて、ある日を境に急に押し黙って、ひと言も口を利かなくなったんです。五年もしゃべっていないなんて、驚きですよ！　しゃべらないどころか、もう、うんともすんとも言わないんですからね！　頭のネジがはずれて、いかれちまったか、あるいはボケたか、なんでもいいけど、とうの昔に死んだ夫をまだ生きていることにしたり、存在すらしない息子まで作りあげたり、そんなの、妄想以外のなにものでもないでしょ？　ちくしょう、あのババア、自分の愛情を注いでやれる子どもが欲しいと思っていたんだ。でもって、俺にそいつを探せだと？　それでもあんた、まだ遺言の話をするっていうなら……。

エルミル・ルベル　まあ、落ち着いて！

シモン　それでもあんた、これが頭のまともな人間の遺言だって、俺を説得しようっていうなら……。

エルミル・ルベル　まあ、落ち着いて！

シモン　クソッ、あのアマ、ふざけやがって……。

沈黙。

エルミル・ルベル　もちろんね、ええ、もちろん、きみがそう思ってしまうのももっともですが、それでも、きみだって、自分に都合よく考えてはいませんか？　きみの言うとおりかどうかは別として、なぜかお母さんはずっと誰にも理解されないまま、口を閉ざしていた。ええ、ええ、それは一見、狂気の沙汰《さた》のように見えますが、実はそうではないかもしれません！　つまり、なにか別の意味があったかもしれないのです。気を悪くしないでくださいよ。もし、それが狂気ゆえの行為だったとしたら、お母さんはまたしゃべったりはしなかったでしょう。ほら、先だっての夜でしたか、病院からお母さんがしゃべったという連絡があったことは間違いありませんよね？　あれは偶然だ、たまたましゃべっただけだなんて言わないでほしい！　わたしには偶然だとは思えないんですよ！　つまり、それはお母さんがきみたちに宛てた贈りものなんです！　お母さんがきみたちに贈ることができたなによりも美しい贈りものです！　つまり、そこにはお母さんの大切なメッセージが込められていたんです！　きみたちの誕生日の出生時刻に、お母さんは再び口を開きました！　お母さんはなんと言ったのか？　お母さんはこう言った。「こうして一緒になれたのだから、もう大丈夫」と。「こうして一緒になれたのだから、もう大丈夫」と言ったんです！　それは決して凡庸な言葉ではありません！　お母さんは「ねえ、ホットドッグにタマネギを挟んでマスタードをかけて食べたいわ」とか「そこの塩を取って！」なんて言ったわけじゃない。「こうして一緒になれたのだから、もう大丈夫」と言ったのです！　そうでしょう？　看護師が聞いていた。看護師がそれを聞いていた。看護師が作り話なんてするでしょうか？　そんなわけがない。看護師にそこまでリアルな話は作れない。わかりますよね。わたしにもわかります。そのような言葉を口にしたことが、いかにもお母さんらしいと！　ええ、きみの話に嘘《うそ》はないと思います。確かにそのとおりです！　お母さんは何年も失語状態にあった。それは認めます。もしずっと口を閉ざしたままだったら、わたしだって疑念を抱いたでしょう。それも認めます。ですから、きみの言い分はもっともだと思います。それでも、これだけは無視してはならないし、考慮に入れなければならない。お母さんは正気であることを示しました。「こうして一緒になれたのだから、もう大丈夫」と言ったのです。きみに断れるはずがない。お母さんからの贈りものを断るなんて、自分の誕生日を否定するなんてできるものですか！　そんなありがたい言葉を断るいわれはない。もちろん、今回の件も！　もちろんね、ええ、もちろん、きみには自分のしたいようにする自由、お母さんの要望には応じないという自由がある。義務は少しも発生しません。ですが、きみに依頼されたことをほかの人にやらせることはできません。わたしにも。お姉さんにも。そこには厳然たる事実があります。きみたちのお母さんが、われわれ三人に、それぞれ依頼をしているという事実が。それが遺言というものであり、遺言者の望みどおりに実施されるものです。死刑を宣告された人にも、望みを叶《かな》えてもらう権利があります。お母さんにはそれが許されないのでしょうか……。

　シモン、退場。

封筒はここにあります。このままわたしが預かりましょう。今日は話を聞く気になれなくても、あとで気が変わるかもしれません。ローマは一日にして成らず。しばらくは時間が必要でしょう。いつでもけっこうですから、電話をください。

ジャンヌ、退場。

三　グラフ理論と周辺視野

ジャンヌが授業をする教室。プロジェクターがある。
ジャンヌ、プロジェクターのスイッチを入れる。
講義が始まる。

ジャンヌ　今後の試験で毎回合格点を取る人がこの中に何人いるのか、いまの時点ではわかりません。みなさんがこれまでに学んできた数学は、明解で決定的な問題を解いて、明解で決定的な答えを求めるものでした。このグラフ理論の入門講座で取り組む数学は、それとはまったく異なります。なぜなら、純粋数学で研究するのは解くのが不可能に近い問題であり、たいていは、そこからこれまた別の解くのが難しい問題へと導かれていくからです。周囲からは、そんなことに熱中してなんになると、うるさく言われるでしょう。みなさんのスピーチには変化が現れてきます。

さらに突き詰めていくうちに、たびたび沈思黙考するようにもなります。それこそ他人からは共感されません。ことあるごとに「くだらない理論の演習に頭を使うより、エイズやガン治療の研究に役立つことをしろ」と非難されます。弁解することもできません。なぜなら、その論拠を示すこと自体が、実際にうんざりするくらい複雑な作業だからです。純粋数学、孤独の国へようこそ。グラフ理論の入門講座です。

ボクシングジム。シモンとラルフ。

ラルフ　シモン、この前の試合の敗因はなんだと思う？　前々回の試合の敗因は？

シモン　調子が悪かった、それだけです。

ラルフ　そんなことを言っているようじゃ、プロにはなれんぞ。さあ、グローブをはめろ。

ジャンヌ　ここにA、B、C、D、Eという五つの頂点を持つ単純多角形があります。この多角形を多角形Kと呼ぶことにします。この多角形は、ある家族が住む家の平面図を表すものと考えてください。この家のそれぞれの角に家族の一員が配置されています。ここで、A、B、C、D、Eを多角形Kの中で一緒に暮らす祖母、父、母、息子、娘に置き換えましょう。次に、それぞれの視点について考えてみます。それぞれがいる場所からは誰が見えるでしょう。祖母からは父、母、娘が見えます。父からは母と祖母が見えます。母からは祖母、父、息子、娘が見えます。息子からは母と姉が見えます。そして、娘からは弟と母と祖母が見えます。

ラルフ　おまえは見ようとしていない！　その目は節穴か！　おまえには相手のフットワークが見えていない！　相手のガードが見えていないんだよ……。周辺視野を鍛える必要があるな。

シモン　オーケー。わかったよ！

ジャンヌ　この応用は、多角形Kで暮らす家族の応用理論と呼ばれます。

ラルフ　ウォーミングアップだ！

ジャンヌ　こんどは家の壁を取り除き、互いに見える者同士をアーチ状の線で結びましょう。こうしてできた図を多角形Kの可視グラフといいます。

ラルフ　言いたいことは三つだ。

ジャンヌ　したがって、変数は三つあります。これから三年間、わたしたちはそれを操作していきます。ひとつ目は、多角形の応用理論……。

ラルフ　ひとつ、おまえは最強だ！

ジャンヌ　ふたつ目は、多角形の可視グラフ……。

ラルフ　ふたつ、対戦相手に遠慮するな！

ジャンヌ　三つ目は、多角形とその性質。

ラルフ　三つ、勝てば、プロになれる！

ジャンヌ　問題は以下のとおりです。単純多角形については、これまでに示したように、その可視グラフと応用理論を簡単に作ることができます。では、たとえばこの応用理論から出発して、可視グラフを作り、一致する多角形の形を見つけるにはどうすればいいでしょうか？　この応用に使われた家族が暮らす家はどんな形でしょうか？　多角形を描いてみてください。

ゴングが鳴る。シモン、すぐにファイティングポーズを作り、トレーナーの手にパンチを繰り出す。

ラルフ　それでも本気か、集中しろ！

シモン 母親が死んだんだ！

ラルフ だからこそ、次の試合で勝つことが現状打破の最善策になる！ さあ、ビシッとしろ！ パンチを叩《たた》きつけるんだ！ できなきゃ、プロになるのは無理だ！

ジャンヌ みなさんには無理でしょう。なによりグラフ理論というものが、この現状では解けない問題に基づいているのです。とはいえ、この解けないということが美しくもあるのです。

終了のゴングが鳴る。

四　解かねばならない予想問題

晩。公証人のオフィス。
エルミル・ルベルと双子の姉。

エルミル・ルベル　もちろんね、ええ、もちろん、人生にはこんな風なときが何度かあります。行動しなければならないとき、思い切って決断を下すときがね。戻ってきてくれてよかった。お母さんのためにも、よかった。

ジャンヌ　封筒は？

エルミル・ルベル　ここにあります。これはきみに宛てたものではなく、きみのお父さんに宛てたものです。お母さんは、きみがお父さんを探し出して、これを渡すことを望んでいます。

ジャンヌ、オフィスを出ていこうとする。

エルミル・ルベル お母さんはきみに、背中に72の番号があるこの緑の上着も遺しています。

ジャンヌ、上着を受け取る。

お父さんは生きていると思いますか?

ジャンヌ、出ていく。間をおいて、再び戻ってくる。

ジャンヌ 数学では、1+1=1・9でも2・2でもありません。1+1=2です。どう思われようと、1+1=2です。先生がご機嫌でも、悲しんでいても、1+1=2です。ルベル先生、わたしたち家族は、ひとつの多角形に属しています。わたしは、自分が属する多角形の中で自分の位置を知っているつもりでいました。自分はその多角形を構成する〝点〟であり、そこから見えるのは弟のシモンと母のナワルだけだと思っていました。そして、今日、自分の位置から父も見える可能性があることを知りました。また、この多角形にはもうひとりの家族、つまり兄がいるということも知りました。これまでにわたしが線を引いていた可視グラフは間違っていたのです。多角形の中のわたしの位置はどうなっているのでしょう? それを見つけるには、予想問題を解かなければなりません。わたしの父は死んでいる、という予想問題です。どう見ても、それは事実であると思われます。しかし、それを証明するものはなにひとつありません。父の亡骸《なきがら》も墓も見たわけではありませんから。したがって、1から無限のあいだで、父が生きている可能性はあります。それでは、ルベル先生、失礼します。

ジャンヌ退場。ナワル（十四歳）、オフィスに現れる。

エルミル・ルベル、オフィスを飛び出し、廊下で呼びかける。

エルミル・ルベル　ジャンヌさん！

ナワル （遠くに向かって）ワハブ！

エルミル・ルベル ジャンヌさん！ ジャンヌさん！

エルミル・ルベル、戻ってきて、携帯電話を取り出し、番号をプッシュする。

ナワル （遠くに向かって）ワハブ！

ワハブ （遠くのほうから）ナワル！

ナワル （遠くに向かって）ワハブ！

ワハブ （遠くのほうから）ナワル！

エルミル・ルベル もしもし、ジャンヌさん？ 公証人のルベルです。思い出したことがあります。

ナワル　(遠くに向かって)ワハブ!

ワハブ　(遠くのほうから)ナワル!

エルミル・ルベル　お母さんは、お父さんとかなり若いころに知りあっています。

ナワル　(遠くに向かって)ワハブ!

エルミル・ルベル　それを伝えたくて。きみが知っているかどうかは知りませんが。

ワハブ　(遠くのほうから)ナワル!

五　そこに宿るもの

夜明け。森。岩。白い木々。ナワル（十四歳）。ワハブ。

ナワル　ワハブ！　聞いて。なにも言わずに聞いて。だめ。黙っていて。あなたがひと言でもしゃべったら、わたし、死んじゃいそう。あなたはまだ知らない、幸福がわたしたちの不幸のはじまりだということを。ワハブ、いまから話すことをよそに漏らしてしまったら、あなたも死んでしまうような気がするの。わたしは内緒にしておきます。だから、ワハブ、あなたも黙っていると約束して。お願い。わたし、疲れちゃったわ。お願いだから、黙っていて。わたしは内緒にしておきます。誰にも言わないで。誰にも言わないで。

ナワル、黙る。

夜通し、あなたの名前を呼んで、夜通し、走ってきたの。白い木のある岩場に行けば、あなたに会えるとわかっていたから。村中に聞こえるように、木々に聞こえるように、夜に聞こえるように、月や星に聞こえるように、大声で叫びたかった。でも、そうするわけにはいかなかった。ワハブ、あなたにはこっそり伝えなければならない。そしたらもう、言えなくなるのね。ずっとわたしのそばにいてって。たとえ、それがわたしのこの世で一番の願いであっても。あなたが目の前からいなくなったら、永遠に心が満たされることはないってわかっていても。もうなにも、あなたに求めることはできない。大人の階段を上る前にあなたと出会い、あなたと一緒にいる人生が、やっと心の底から生きていると感じられる人生が始まっていたのに。

ワハブ、ナワルを抱き締める。

ワハブ、お腹《なか》に赤ちゃんがいるの！　このお腹はあなたで満ちているの。ね、くらくらしてこない？　すてきなことだけど、怖くない？　洞窟《どうくつ》を探検するみたいで、大空を自由に舞う鳥になったみたいでしょう？　でも、それ以上話すなって言われたの！　噂《うわさ》が立つって！　エルハームのおばばに妊娠を告げられたとき、頭の中で海鳴りがした。そして、火傷《やけど》したみたいに熱くなった。

ワハブ　きっと、そのおばばさまの勘違いだよ。

ナワル　勘違いなんかじゃないわ。わたし、「ほんとうに？」って訊《き》いたの。おばばは笑って、わたしの顔をなでた。そして、四十年前から村の赤ん坊はみんな、この手で取りあげてきたんだって言うのよ。おばばは、母さんのお腹からわたしを取りあげて、おばあちゃんのお腹から母さんを取りあげたの。おばばが間違うことはないわ。おばばは、誰にも言わないって約束してくれた。「あたしは知らないふりをするがね、二週間もすれば、もう隠せないよ」だって。

ワハブ　隠すことないよ。

ナワル　わたしたち、殺されちゃう。あなたから先に。

ワハブ みんなにきちんと話そう。

ナワル みんなが耳を貸すと思う?

ワハブ なにを心配しているの、ナワル?

ナワル あなたは怖くないの?（間）

その手をここに置いて。この気持ちはなんなのかしら? 怒りなのか、恐怖なのか、しあわせなのか、わからない。五十年後、わたしたちはどこにいるのかしら?

ワハブ ねえ、ナワル。今夜はすてきな贈りものをありがとう。口下手で、みんなにうまく説明できないかもしれないけど、ぼくには心がある。強い心を持っている。我慢強い心だ。みんなから非難されても、非難させておけばいい。罵《のの》られても、罵らせておけばいい。別にたいしたことじゃない。最後には、非難と罵りの嵐は過ぎ去り、きみと、ぼくと、ぼくらの子どもは生きつづけるんだ。きみの顔、ぼくの顔を持つ子どもだよ。ぼくは笑顔でいたい。みんなから打ちのめされようが、ぼくの心の底にはいつも子どもがいる。

ナワル　こうして一緒になれたのだから、もう大丈夫ね。

ワハブ　ぼくらはずっと一緒だ。ナワル、きみは家に戻りたまえ。みんなが目を覚ますまで待つんだ。夜が明けて、座って待っているきみを見たら、みんなは、なにか大切な話があるのだと知って、きみに耳を傾けてくれるだろう。怖くなったら、こう思ってくれ。同じときに、ぼくも、自分の家でみんなが目を覚ますのを待っている。そして、みんなに話すのだと。夜明けは近い。ぼくがきみのことを想《おも》っているように、きみもぼくのことを想ってほしい。霧の中で迷わないようにね。忘れないで。こうして一緒になれたのだから、もう大丈夫。

ワハブ、退場。

六　抹殺

ナワル（十四歳）の家。

母と娘。

ジハーヌ　ナワル、その子はおまえとは関係ない。

ナワル　わたしのお腹の中にいるのよ。

ジハーヌ　忘れなさい！　その子はおまえと関係ない。おまえの家族とも関係ない。母さんとも関係ない。おまえの人生とは関係ないの。

ナワル　ここに手をやると、もうこの子の顔が見えてくるのよ。

ジハーヌ　おまえが見ているのは虫けら同然のものよ！　その子はおまえとは関係がないの。その子は存在しない。おまえには子どもなんていないの。

ナワル　エルハームのおばばが言ったもの。あんたは子どもを身ごもっているって。

ジハーヌ　おばばはおまえの母さんじゃありませんからね。

ナワル　でも、そう言ったんだもの。

ジハーヌ　おばばが言ったことなんて、どうでもいい。そんな子どもは存在しないんだから。

ナワル　でも、実際に生まれたら？

ジハーヌ　その子は存在しない子よ。

ナワル　意味がわからないわ。

ジハーヌ　さっさと涙を拭《ふ》きなさい！

ナワル　泣いているのは母さんのほうじゃない！

ジハーヌ　母さんは泣いてなんかいないから。おまえは一生を棒に振るの？　ナワル、おまえは遠くから帰ってきた。お腹をけがされて帰ってきた。体はまだ大人になっていないのに、母さんの前で真っ直《ま》ぐ《す》に立って、あんなことを言うなんて。「愛している人がいます。お腹の中に愛の結晶が宿っています」って……。森から帰ってきたと思ったら、こんどは泣いているのは母さんのほうだなんて言うのね。いい？　ナワル。その子は存在しませんよ。そのうちに忘れてしまうわ。

ナワル　誰も自分のお腹に宿った命を忘れたりはしないわ！

ジハーヌ　忘れますよ。

ナワル　忘れるなんてできない！

ジハーヌ　だったら、どちらか選びなさい。その子を手放さないというのなら、いますぐ、いますぐに、着ているものを脱ぎなさい。それはもうおまえの服ではありません。この家を出ていきなさい。家族も、この村も、ふるさとの山や空や星も捨てて、出ていきなさい。母さんの前から消えなさい……。

ナワル　母さん。

ジハーヌ　裸のまま、子を宿したお腹を抱えて、母さんの前から消えなさい。さもなければ、ここに残り、ひざまずいて謝るのです。ナワル、ひざまずきなさい。

ナワル　母さん。

ジハーヌ　服を脱ぐか、ひざまずくか！

ナワル、ひざまずく。

おまえはずっと家の中にいなさい。その子がおまえの中にいるようにね。エルハームのおばばがその子を取りあげてくれるわ。おばばはその子を預かって、里子に出してくれるでしょう。

七　子ども時代

ナワル（十五歳）、寝室にひとりでいる。

ナワル　こうして一緒になれたのだから、もう大丈夫。こうして一緒になれたのだから、もう大丈夫。こうして一緒になれたのだから、もう大丈夫。

ナジーラ　もう少しの辛抱だよ、ナワル。あとひと月もないからね。

ナワル　おばあちゃん、わたし、この家を出ていくべきだったわ。ひざまずいたりするんじゃなかった。服でもなんでも差し出して、家を出て、村を離れて、なにもかも捨てていくべきだったのよ。

ナジーラ　わたしたちに起きていることはすべて、貧困から来ていることなんだよ。わたしたちは美しいものとは無縁の世界にいる。あるのは辛《つら》くて不当な暮らしに対する怒りだけ。村中のいたるところに憎しみが影を落としている。穏やかに話をする人なんて、いやしない。おまえが言うことはもっともだよ。ナワル、おまえは愛すべくして愛を知ったけれど、生まれてくる子どもはおまえから奪われてしまうだろう。おまえにはなにも残らない。あとは、たぶん、貧困と闘うしかないだろうね。さもなければ、貧困に甘んじることになるよ。

ナジーラはすでに部屋にいない。窓を叩く音がする。

ワハブ（声）　ナワル！　ナワル！　ぼくだよ。

ナワル　ワハブ！

ワハブ（声）　聞いてくれ、ナワル。もう時間がない。夜が明けたら、遠いところへ連れていかれる。ここから、きみから、遠く離れたところへ。ぼくはもう一度、あの白い木のある岩場に行ってきたんだ。子ども時代の場所にさよならするためにね。ぼくの子ども時代は、ナワル、きみで満ちあふれている。ナワル、今夜、子ども時代はナイフとなって、この胸に突き刺さった。ぼくの口の中は、永遠にきみの血の味がするだろう。きみにそれを伝えたかった。今夜、ぼくの心は愛でいっぱいで、はち切れそうだ。きみにそれを伝えたかった。あちこちで言われるんだ。ぼくはきみを愛しすぎているんだって。わからないよ。愛しすぎるってどういうことなのか、きみから遠ざかるってどういうことなのか、きみがいなくなったら、それがどういう意味をなすのか、わからない。ぼくは、きみのいない世界で生きることを学び直さなければならないのだろうか。いまになって、わかったよ。あのとき、きみが尋ねたことの意味が。五十年後、ぼくらはどこにいるのか？　さあ、どこだろうね。けれど、ぼくがいるところには、きみがいる。ぼくらは一緒に海を見るのを夢見ていたね。よし、ナワル、ぼくは断言するよ。ぼくが海を見た日には、きみの頭の中で〝海〟という言葉が鳴り響くだろう。そして、きみはむせび泣くだろう。なぜなら、そのとき、きみは、ぼくがきみを想っていることを知るからだ。ぼくがどこにいようと、関係ない。ぼくたちは一緒にいる。一緒にいられることほど美しいものはないんだ。

ナワル　わかったわ、ワハブ。

ワハブ（声）　涙をぬぐわないで。一晩中、ぼくの涙が乾くことはないから。その子が生まれたら、その子に伝えてくれるかな。おまえのことが愛《いと》おしいって。おまえのママのことが愛おしいって。そう伝えてほしい。

ナワル　伝えるわ。約束する。きっと伝えるわ。あなたのために。そして、わたしのために。わたし、この子の耳もとでささやくつもりよ。《なにがあっても、ずっとあなたを愛しているわ》って。わたしも、もう一度、白い木のある岩場に行って、子ども時代にさよならを言うわ。子ども時代はナイフとなるでしょう。わたしはそれを自分の胸に突き刺します。

　ナワル、ひとりになる。

八　約束

夜。ナワルの出産。

エルハーム、ナワル（十五歳）に赤子を抱かせる。

エルハーム　男の子だよ。

ナワル　なにがあっても、ずっとあなたを愛しているわ！　なにがあっても、ずっとあなたを愛しているわ！

ナワル、ピエロの鼻を赤ん坊の産着《うぶぎ》の中に忍ばせる。

ナワルの手から赤ん坊が引き離される。

エルハーム　これから南部に行く。この子はあたしが連れていくからね。

ナジーラ　さすがにわたしも老いを感じるようになった。なんだか、何百年も生きてきたみたいな気がするよ。日々は流れ、歳月が過ぎ去る。お天道《てんと》さまが昇っては沈み、季節がめぐる。ナワルはもうなにも話さず、押し黙ったまま、ぶらぶらしている。あの子のお腹はひっこんで、わたしには古びた土地が呼んでいるのがわかる。長きにわたり、あまりにも多くの苦しみとともに生きてきた。わたしに、褥《しとね》を与えておくれ。冬が終わり、小川のせせらぎに死の足音が聞こえる。

ナジーラ、床に伏す。

九　読み書き、算術、話術

ナジーラ、死の床にある。

ナジーラ　ナワル！

ナワル（十六歳）、駆け寄る。

この手を握っておくれ！　ナワル！

ナワル、誰しも死ぬ前に言っておきたいことがあるものだ。自分が愛し、自分を愛してくれた者たちに伝え……伝えたいこと……最後に彼らを助けるために……しあわせになるための武器を身につけてもらうために……。一年前に子どもを産んでから、おまえはずっと心ここにあらずで、ふらふらしてばかり。しゃんとしなさい、ナワル。なんでも人の言うことをハイハイ聞くのはいけない。いやなものはいやだと言いなさい。拒む勇気を持ちなさい。おまえの愛する人は去り、おまえの子どもも行ってしまった。あの子ももう一歳だ。数日前に誕生日を迎えたからね。いいかい、人の言いなりになってはいけないよ、ナワル。決して言いなりになってはいけない。けれど、いやだと言えるようになるには、言葉を操る能力を身につけないとね。だから、まずは勇気を身につけて、しっかり勉強すること！　いいかい、死にかけているばあさんが孫娘に言い残しておきたいことをいまから言うよ。読み書きを学び、算術を学び、話術を学びなさい。学ぶこと。わたしらと同じ轍《てつ》を踏まないようにするには、それしかないのだから。どうか、そうすると約束しておくれ。

ナワル　約束するわ、おばあちゃん。

ナジーラ　二日後にわたしは埋葬される。わたしは仰向《あおむ》けに葬《ほうむ》られ、会葬者たちは手《て》桶《おけ》に一杯ずつ、わたしの上に水を注ぐだろう。けれども、墓石にはなにも刻まれない。なぜなら、字を書ける者がいないから。ナワル、字が書けるようになったら、戻ってきて、石の上にわたしの名前を刻んでおくれ。ナジーラ、とね。わたしの名前を刻みなさい。なぜなら、わたしは約束を果たしたから。ナワル、わたしはもうそこまでお迎えが来ている。これがわたしの最期《さいご》だよ。わたしは、わたしら一族は、一族の女たちは、長きにわたって怒りの連鎖から抜け出せずにいた。わたしは自分の母親に対して怒りを覚え、おまえの母親はわたしに怒りを覚えた。おまえと同じようにね。おまえは、おまえの母親に怒りを覚えている。そんなおまえだって、自分の娘に怒りを継承させることになるのだよ。負の連鎖は断ち切らなければいけない。だから、学びなさい。そして、家を出なさい。その若さと、あらんかぎりの幸運を持って、村を去りなさい。ナワル、おまえはいわば、谷間に花開いたヴァギナなんだよ。その官能性、そのにおいがおまえそのものなんだ。それを持っていきなさい。母親の胎内から離れるように、ここから離れなさい。ナワル、学びなさい。読み書き、算術、話術を習得しなさい。そう、考える力を身につけなさい。

ナジーラ、息を引き取る。

ナジーラの遺体がベッドから運び出される。

遺体が墓穴の中に置かれる。

会葬者がひとりずつ、手桶の水を遺体にかける。

暗くなる。

会葬者、黙禱《もくとう》。

携帯電話の着信音が鳴りだす。

十　ナワルの埋葬

墓地。昼間。

墓地には、エルミル・ルベル、ジャンヌ、シモンがいる。

エルミル・ルベル、携帯電話に出る。

エルミル・ルベル　はい、公証人のエルミル・ルベルです。／ええ、電話しましたよ。この二時間、ずっと電話が通じなくてね。／どうなっているんですか？　なにも用意してないじゃないですか！　てっきり穴の前に水の入った手桶が三つ置いてあるものと思っていたら、なんにもなかった。／そう、わたしが電話で水の入った手桶が入用だと伝えた者です。／なんですか、その言い草は。「問題がないことを問題にしている」とは、それこそおおいに問題ですよ。／いいですか、水の入った手桶が三つ、ぜひとも必要だったんです。それが、用意されていないんです。／このまま墓地でわたしにクレームを言わせるつもりですか？　こちらの言うことがわかりませんか？　ナワル・マルワンさんの埋葬で、いま墓地にいるんです。／水の入った手桶が三つです。／もちろん了解を得ています。もちろんわたしが埋葬に立ち会うことも、この埋葬は通常とは違い、必要なものは水の入った手桶が三つだけで、ごくごく簡素なものになりそうなことも、関係者全員に知らせてあります。こちらは、墓地の管理会社に「水の入った手桶は自分たちで持っていったほうがいいか」とまで確かめているのですよ。担当者は「とんでもない。こちらで用意します。なにかとたいへんな思いをされているでしょうから」と言いました。わたしは、よろしくお願いしますと言いました。それで、いま墓地に来ているのですが、水の入った手桶がなくて、それこそたいへんな思いをしているわけですよ……。あのね！　これは葬儀ですよ。お遊びじゃないことくらいわかるでしょう！　しかも、きわめて簡素な形式です。棺も墓石もない、必要最小限の究極の土葬ですよ！　きわめて質素なスタイルです。きわめて質素にすべく、わずか手桶に三杯の水を依頼しただけですが、墓地管理会社としては、そんなささやかな挑戦には応じかねると。つまり、そういうことですな。／ほう、水の入った手桶を頼まれることには慣れていないと？／いや、別に慣れてくれと頼んでいるわけじゃない。手桶に三杯の水を頼んでいるだけです！　なにも、いっぺんに四つの穴を掘る機械を作ってくれと言っているんじゃありませんから。／そう、三杯です。／いえ、一つじゃなくて、三つです。／それは無理です。三つ必要です。／手桶は一つだけにして、三回水を汲《く》むわけにはいかないんですよ！　水を満たした手桶が三つ、いっぺんに欲しいんです。／はい、そのとおりです。／まあ、なんと言えばいいですかね。間違いなくお願いしますよ。

ルベル、電話を切る。

これから用意するそうです。

シモン　なぜ、なんでもかんでも、そっちで取り仕切っているんですか？

エルミル・ルベル　なんでもかんでもというのは？

シモン　だから、全部ですよ。埋葬にしても、遺言にしても。なぜ、そっちで？　なぜ、そっちで全部取り仕切っているんですか?

エルミル・ルベル　それは、そちらの穴の底でうつ伏せに横たわる女性が、ナワルさんとお呼びしていたかたが、わたしの古くからの友人だからです。大切な友人でした。それはきみたちにとって意味のないことかもしれません。ですが、わたしにとっては、こんなにも意味があったことに、自分でも気づいていませんでした。

エルミル・ルベルの携帯電話が鳴る。

ルベル、電話に出る。

はい、公証人のエルミル・ルベルです。/ああ、そうですか。それで、どうなっていると?/用意はしてあったが、よその墓穴の前に置いてしまったと……/なるほど、間違えたということですか。/ナワル・マルワンです。/いやはや、おたくのサービスは、たいしたもんですわ。

ルベル、電話を切る。

めいめいが手桶を持つ。穴の中に水を注ぐ。
ナワルを埋葬し、石を置かずに立ち去る。

十一　沈黙

昼間。とある劇場の舞台。
アントワーヌがいる。

ジャンヌ　アントワーヌ・デュシャルムさんでしょうか？　ナワル・マルワンの娘のジャンヌ・マルワンです。病院に行ったら、母が亡くなったあと、看護師をおやめになったと聞きました。現在はこちらの劇場で働いていらっしゃると教わって、うかがったんです。母がほかにもなにか言っていなかったかどうか、知りたくて。

アントワーヌ　あなたのお母さんの声がいまでも耳に残っています。「こうして一緒になれたのだから、もう大丈夫」と、お母さんはおっしゃった。それで、すぐあなたに電話で知らせたんです。

ジャンヌ　ええ。
アントワーヌ　五年間、ずっと無言のままでした。残念ながら。
ジャンヌ　それでも、あなたには感謝しています。
アントワーヌ　なにか探しものでも？
ジャンヌ　わたしたちは母から、父は祖国の内戦のさなかに死んだと聞かされていました。それで、父が死んだという証拠を探しているんです。

間。

アントワーヌ　ジャンヌさん、ようこそお運びくださいました。実は、ナワルさんが亡くなってから、ずっとためらっていたんです。あなたと弟さんには連絡するつもりでいたのですが。話したいことが、説明したいことがあって。でも、ためらっていました。今日、この劇場で会えてよかった。これで、話すことができます。この数年間、ずっとお世話をするうちに、ナワルさんの沈黙に慣れきってしまい、頭が鈍くなっていました。ある晩、ふと目が覚めて、ぼくは妙なことを考えました。もしかして、自分がいないときに、ナワルさんはしゃべっているのではないか、たぶんひとり言を言っているのではないか、と。ぼくは病室にカセットレコーダーを持ちこみました。迷いはありました。許可を得たわけではありませんから。ひとりで話しているとしたら、それは、ナワルさんが自分ひとりのときを選んでいるということです。それで、ぼくは自分では絶対に聴かないと心に誓って、録音することにしました。自分では再生しないことを前提に、録音することにしたのです。

ジャンヌ　録音するといっても、なにを？

アントワーヌ　沈黙を。ナワルさんの沈黙です。夜、病室を出る前に、ぼくはカセットレコーダーのスイッチを入れました。カセットの片面で六十分録音できます。それ以上の方法は思いつきませんでした。翌日、ぼくはカセットを裏返し、退室するときにまたスイッチを入れました。そうやって、五百時間以上録音しました。カセットテープは全部ここにそろっています。どうぞ、お持ちください。ぼくにできることはこれくらいです。

ジャンヌ、箱を受け取る。

ジャンヌ アントワーヌさん、病室では、母とどんなことをしていたのですか?

アントワーヌ これといって、とくにはなにも。たいていはナワルさんのそばで座っていました。ナワルさんに話しかけたり、たまに音楽もかけたり。ナワルさんに踊ってもらったこともあります。

アントワーヌ、カセットレコーダーにカセットを入れる。音楽が流れる。ジャンヌ退場。

INCENDIE DE L'ENFANCE

子ども時代の業火《ごうか》

十二　石の上の名前

ナワル（十九歳）。祖母の墓の前。
墓石にアラビア文字でナジーラの名前を刻む。

ナワル　ヌーン、アリフ、ザーイ、ヤー、ラー！　ナジーラ。おばあちゃん、これで、おばあちゃんの名前が、ここはおばあちゃんのお墓だと教えてくれるわ。わたし、ふもとの道を通って村に入ったの。道のまん中に母さんがいたわ。わたしのことを待っていたみたい。今日帰ってくるって見越していたんじゃないかしら。わたしたち、よそ者同士のように見つめあっていたわ。そしたら、村の人たちが次々とやってきた。わたしは言ったの。「祖母の墓に祖母の名を刻むために戻ってきました」って。みんな、からかうように「じゃあ、あんたは字が書けるんだね」って言うのよ。わたしがそうだって答えると、みんなはせせら笑った。その中のひとりには唾《つば》を吐きかけられたわ。「字が書けたところで、おまえに自分を守ることはできんよ」ですって。わたし、ポケットから本を出して、それで思いっきりひっぱたいてやったの。本の表紙が折れ曲がるくらい強く。その人、地面に倒れたわ。わたしはそのまま歩きつづけた。泉まで行って、そこを曲がって、坂を上がって墓地に着いて、おばあちゃんのお墓までやってきた。ここに来るまで、母さんはずっとわたしを見守っていたわ。さあ、おばあちゃんの名前を刻んだから、もう行くわね。これから息子を探しにいきます。おばあちゃんとの約束は果たしました。こんどは、息子との約束を果たす番です。あの子が生まれた日に結んだ約束を。なにがあっても、ずっとあなたを愛しています。ありがとう、おばあちゃん。

ナワル退場。

十三　サウダ

ナワル（十九歳）。炎天下の鉛色の道の上。

サウダ、現れる。

サウダ　さっきから、あなたのことを見ていたの！　おばあさんの墓石に名前を刻みつけているのを、遠くからずっと見ていたの。あのあと、あなたはいきなり立ちあがって、走り去った。どうして？

ナワル　あなたこそ、どうしてわたしのあとをつけてきたの？

サウダ　あなたが字を書くところを見たかったから。字を書ける人がほんとうにいるのか、確かめたいと思って。朝、あっというまにあなたの噂《うわさ》が広がったの。村に戻ってくるのは三年ぶりだそうね。キャンプじゅう噂で持ちきりだった。「ナワルが村に戻ってきた。彼女は読み書きができるそうだ」って。みんなはあざ笑っていた。わたしは村の入口であなたを待とうと思って、急いで駆けつけた。でも、あなたはもうすでにそこにいて、本で男を叩《たた》いているところだった。あなたの手の中で本が震えているのが見えたわ。あなたの顔に宿る怒りを通して、わたしには、あらゆる言葉、あらゆる文字が白熱するのが想像できた。あなたが立ち去ったから、あとを追いかけたの。

ナワル　なにが望みなの？

サウダ　わたしに読み書きを教えて。

ナワル　できないわ。

サウダ　うそ、できるでしょ！　ごまかさないで！　この目で見たんだから。

ナワル　わたしには行くところがあるの。村を離れるの。だから、あなたに教えることはできない。

サウダ　ついていくわ。あなたがどこに行こうとしているのか知っているもの。

ナワル　どうして知っているの？

サウダ　ワハブはわたしの幼なじみだから。わたしたち、同じキャンプに住んでいるのよ。出身も同じ村よ。彼は私と同じ、南から来た難民なの。キャンプに連れていかれた夜、彼はあなたの名前を叫んでいたわ。

ナワル　ワハブのところに戻るつもり？

サウダ　馬鹿《ばか》言わないで。あなたがどこに行くのか知っているって言ったでしょう？　あなたが会おうとしているのは、ワハブじゃない。自分の子ども、あなたの息子でしょう？　いい？　わたしは騙《だま》されないわよ。わたしも一緒に連れていって。

そして、文字の読みかたを教えて。そのかわり、あなたを助けるから。わたしは道を知っているし、旅は道連れっていうじゃないの。女同士、ふたりで行けば心強いでしょう？ だから、わたしを連れていって。悲しいときには歌ってあげる。心が折れそうなときはあなたを支えるし、抱き締めてあげる。キャンプにはなにもないのよ。朝、起きると、「サウダ、ほら、空をごらん」って、話しかけられる。でも、空については語られない。「風が出てきた」とは言っても、風の話をする人はいない。まわりの世界を指し示されても、世界がなにかを語るわけじゃない。そのまま人生は流れていく。すべてが不透明なまま、流れていくの。あなたが刻んだ文字を見て思ったわ。これが名前なんだって。まるで、石が透明になって、中を見通せるような感じがした。言葉ひとつで、すべてが明らかになるんだって。

ナワル　ご両親はなんて言うかしら？

サウダ　両親はなにも言わない。なにも話してくれない。わたし、「なぜ、南を離れたの？」って訊《き》いたの。そしたら、「忘れなさい。どうでもいいことだ。もう考えるな。南はないんだ。たいしたことじゃない。こうして生きていて、毎日食べていける。大事なのはそれだ」って。しかも、「ここにいれば戦争には巻きこまれない」なんて言うから、言い返してやったのよ。「わたしたちはいずれ戦争に巻きこまれる。大地は赤いオオカミに傷《いた》めつけられ、吞《の》みこまれる」ってね。両親は黙っていた。わたしは「ちゃんと覚えているんだから。真夜中に逃げたこと。男たちがわたしたちを家から追い出したこと。家が破壊されたことを」って言ったの。でも、両親は「忘れなさい」と言うだけだった。それで、わたしは問いつめた。「なぜ、父さんは燃えている家の前で膝《ひざ》をついて泣いていたの？　誰が火を放ったの？」って。返ってきたのは「どれも現実に起きたことじゃない。サウダ、おまえは夢を見たんだ。お前が見たのは夢だ」という言葉だった。だから、もうあそこに残るつもりはない。ワハブはあなたの名前を叫んでいた。真夜中に奇跡を起こすように。わたしが同じ立場だとしても、誰の名も叫ぶことはないわ。叫びたい名前がないから。あんなところで、どうすれば人を愛せる？　愛はないわ、愛なんてない。「忘れろ、サウダ、忘れるんだ」なんて言われていたら、忘れてしまうわ。村も、山も、キャンプも、母の顔も、父のすさんだ瞳《ひとみ》も忘れてしまう。

ナワル　誰も忘れたりするものですか。サウダ、それは断言できるわ。さあ、いっしょに行きましょう。

ふたり、出発する。

十四　姉弟

ジャンヌと向きあうシモン。

シモン　大学のほうでは大騒ぎだよ。同僚や学生さんたちが捜している。俺のところに電話がかかってきた。「ジャンヌさんが大学に来ていません。どちらにいるのかわからないんです。学生たちが途方に暮れています」だってさ。俺も捜したよ。電話をしても、出てくれないし。

ジャンヌ　シモン、なんの用？　なぜうちに来たの？

シモン　姉貴が死んでいるんじゃないかと、みんなが思っているからさ！

ジャンヌ わたしなら大丈夫。帰っていいわよ。
シモン 大丈夫なわけがないだろう。俺は帰らないからな。
ジャンヌ 大きな声を出さないで。
シモン 姉貴は、いま、あの女と同じことをしているよ。
ジャンヌ わたしがしていることは、わたし個人に関する問題よ。
シモン 違う！　俺にも関係することだ。姉貴にはもう俺しかいないし、俺にはもう姉貴しかいない。姉貴がしていることは、あいつと同じだ。
ジャンヌ そんなことはない。
シモン 口を利《き》かないじゃないか。もうなにも話さないじゃないか。あいつとおんなじだよ。ある日、あいつは帰ってくると自分の部屋に閉じこもった。ずっと座ったきり、一日が経ち、二日が経《た》ち、三日経った。いっさい飲まず食わずで。それから、ふいに姿を消した。それも一度きりじゃない。二度、三度、四度と。家に戻ってきても、口を利かない。家具を売りはらってしまう。姉貴のところも、もう家具がない。あいつは電話が鳴っても出なかった。姉貴も電話に出ない。あいつは部屋に閉じこもっていた。姉貴も閉じこもっている。口も利かない。

ジャンヌ シモン、ここに来て座って。わたしの横に。これを聴いて。ちょっとでいいから聴いてみて。

ジャンヌ、イヤホンの片方をシモンの耳に、もう一方を自分の耳に押し当てる。ふたり、沈黙に耳を澄ます。

ジャンヌ ママの息づかいが聞こえるわ。

シモン しゃべりもしないのに聴いているわけ?

ジャンヌ　ママの沈黙の音よ。

ナワル（十九歳）がサウダにアラビア語のアルファベットを教えている。

ナワル　アリフ、バー、ター、サー、ジーム、ハー、ハー……。

サウダ　アリフ、バー、ター、サー、ジーム、ハー、ハー……。

ナワル　ダール、ザール、ラー、ザーイ、スィーン、シーン、サード、ダード……。

シモン　頭がいかれちゃってるよ、姉貴は。

ジャンヌ　あなたになにがわかるのよ？　わたしのことも、ママのことも。なにも知らないくせに。あなたはなにもわかっていない。ああ、これから生きていくには、どうすればいいのかしら？

シモン　そんなカセットテープなんて捨てちゃって、大学に戻れよ。自分の担当の講座を続けて、学位を取ったらどうなんだ。
ジャンヌ　学位なんてどうでもいい！
シモン　姉貴がいまやっていることのほうがどうでもいいことだよ！
ジャンヌ　あなたに説明しても無駄ね。どうせわかりっこないもの。1+1=2。そんなことさえわからないんだから。
シモン　なるほど、姉貴には数字を使って話さないといけないのか。相手が数学の教授なら、頭がいかれていると言われても、姉貴は話を聞くんだろうね。でも、あんたの弟は違う。出来の悪い劣等生だからな！
ジャンヌ　学位なんてどうでもいいと言ったでしょ！　ママの沈黙の中にはなにかが

ある。それが知りたいの、こっちは！　それが知りたいの！

シモン　ならば、こっちは、知るほどのことなんて、なにもないと言ってやるよ！

ジャンヌ　いい加減にしてよ！

シモン　そっちこそ、いい加減にしろよ！

ジャンヌ　帰って、シモン！　わたしたち、お互いになんの義務もないんだから！　わたしはあなたの姉であって、母親じゃないし、あなたはわたしの弟で、父親じゃない！

シモン　同じようなもんだ！

ジャンヌ　いいえ、同じじゃない！

シモン　同じだよ！

ジャンヌ　帰ってよ、シモン！

シモン　三日以内に公証人のところに行って、書類にサインをしなければならない。行くんだろう？……行くよね、ジャンヌ？……ジャンヌ……答えてくれよ。行くんだろう？

ジャンヌ　行くわ。もう帰って。

シモン退場。
ナワルとサウダ、並んで歩く。

サウダ　アリフ、バー、ター、サー、ジーム、ハー、ハー、ダール、ザール、ラー、ザーイ、スィーン、シーン、サード、……ター……あ、違った……。

ナワル　最初から始めて。

ジャンヌ　なぜなにも言わないの？　なにか言ってよ。話を聞かせてよ。いま、そこにはママしかいないんでしょう？　アントワーヌさんはいないんでしょう？　あの人が録音していることを知っているのね？　あの人が盗み聞きをしないことも、わたしたちにカセットテープを渡すことも、わかっているのね？　ママには全部お見通しだったのよね。だったら、話してよ！　なぜなにも言ってくれないの？　なぜわたしになにも言ってくれないの？

ジャンヌ、ウォークマンを放り出す。

十五　アルファベット

ナワル（十九歳）とサウダ、炎天下の道にいる。

サウダ　アリフ、バー、ター、サー、ジーム、ハー、ハー、ダール、ザール、ラー、ザーイ、スィーン、シーン、サード、ダード、ター、ザー、アイン、ガイン、ファー、カーフ、カーフ、ラーム、ミーム、ヌーン、ハー、ラーム-アリフ、ワーウ、ヤー。

ナワル　そう、それがアルファベット。二十九音。二十九文字。それがあなたの武器。あなたの強みとなるものよ。いつでも使いこなせるようにしておかなければならないわ。それらをどのように組み合わせるかによって、言葉になるの。

サウダ　ほら。南部地域に入ったわ。まずはこのナバチエ村から。ここに大きな孤児院があるの。確かめにいきましょう。

ふたり、ジャンヌとすれ違う。
ジャンヌ、沈黙に耳を傾けている。

十六 まずはどこから

ジャンヌ、劇場の舞台に到着する。
大音量の音楽。

ジャンヌ (呼びかける) アントワーヌさん……アントワーヌさん……アントワーヌさん!

アントワーヌ、現れる。ふたりが話をするにはうるさすぎる音楽。アントワーヌ、ジャンヌに少し待ってと合図する。音楽が止まる。

アントワーヌ ステージの音響機材です。テストをしていたところです。

ジャンヌ　アントワーヌさん、助けてもらえませんか。
アントワーヌ　なにをすればいいでしょう？
ジャンヌ　どこから手をつけたらいいのかわからないんです。
アントワーヌ　ご両親の馴《な》れそめから追ってみては？
ジャンヌ　糸口が見つからないんですもの。
アントワーヌ　お母さんはいつから話さなくなったのですか？
ジャンヌ　一九九七年の夏。八月の二十日。わたしたちの誕生日です。母は家に帰ってくると、口を利かなくなりました。ひと言も。
アントワーヌ　その日、なにがあったのですか？

ジャンヌ　当時、母は国際刑事裁判の法廷に出廷していました。
アントワーヌ　どんな理由で？
ジャンヌ　祖国を荒廃させた戦争に関することで。
アントワーヌ　で、その日になにが？
ジャンヌ　なにも、なにもわからないんです。なにがあったのか知りたくて、裁判記録を閲覧しました。何度も何度も読み返したんですが。
アントワーヌ　それ以外になにかありませんか？
ジャンヌ　ありません。小さな写真が一枚だけ。以前、母が見せてくれたものです。母が四十歳のときのもので、友人と一緒に写っています。どうぞ。

ジャンヌ、写真を見せる。
アントワーヌ、写真を調べる。
ナワル（十九歳）とサウダ、がらんとした孤児院の中にいる。

サウダ ナワル、誰もいないわ。孤児院には誰も住んでいない。
ナワル なにかあったのかしら？
サウダ わからない。
ナワル 子どもたちは？
サウダ もういない。クファール・ラヤットに行ってみよう。そこにはもっと大きな孤児院があるから。

アントワーヌ、写真を持ったままで。

アントワーヌ　この写真、ちょっとお借りしますよ。拡大してみます。調べてみましょう。これでも、こういう作業には慣れているんです。細かいことにはよく気がつくほうで。まずはここから始めましょう。ちょうど、あなたのお母さんを偲《しの》んでいたところだったんです。これで、またお母さんにお目にかかれます。じゃあ、そこに座ってもらって。話しかけないでくださいね。――目つきに異常は見られない。うつろでもない。透徹した鋭いまなざしだ。

ジャンヌ　あなたはなにを見つめているの？　ママ、その目はなにを見つめているの？

十七　クファール・ラヤットの孤児院

ナワル（十九歳）とサウダ、クファール・ラヤットの孤児院にいる。

ナワル　ナバチエの孤児院には誰もいませんでした。それで、わたしたち、ここにきたんです、クファール・ラヤットに。

医師　無駄足だったようですね。ここも、もう子どもたちはいません。

ナワル　どうして？

医師　戦争だからです。

サウダ　なにを争っているのですか？

医師　もしかすると、その問いに答えられる人はいないのかもしれません。兄弟が自分の兄弟に発砲し、父が自分の父に発砲する。武力紛争です。しかし、なにを争っているのでしょう？　ある日、五十万人の人々が境界を越えて、こちらに逃れてきました。彼らは「自分たちの土地を追い出されたので、こちらの地に住まわせてくれ」と言いました。こちら側には、それを受け入れる人、拒絶する人、逃げ出す人がいました。数百万人の運命が交錯しているのです。もはや、誰が誰になんのために銃口を向けているのかわからない。そういう戦争なのです。

ナワル　ここにいた子どもたちは、いまはどこに？

医師　あっという間の出来事でした。難民たちがやってきて、子どもたちを全員連れ去ってしまったのです。生まれたばかりの赤ん坊までも。ひとり残らず。怒りにまかせて。

サウダ　どうして？

医師　復讐《ふくしゅう》ですよ。その二日前、難民キャンプを抜け出した三人の若者を、民兵たちが吊《つ》るし首にしました。なぜ吊るし首にしたのか？　キャンプの男ふたりが、クファール・サミーラ村の少女を強姦《ごうかん》し、殺害したからです。なぜ少女を強姦したのか？　民兵たちがある難民一家を石打ちの刑に処したからです。なぜ、処刑したのか？　難民たちがタイムの茂る丘のふもとの一軒家に放火したからです。なぜ放火したのか？　自分たちが掘った井戸を破壊した民兵組織に復讐するためです。なぜ民兵は井戸を破壊したのか？　収穫した作物を難民が川べりで燃やしたからです。なぜ作物を燃やしたのか？　理由は必ずあるはずですが、記憶がそこで止まっています。それ以上は思い出せません。怒りから怒りへ、痛みから悲しみへ、強姦から殺人へ、世界のはじまりまで延々と続く話なのかもしれません。

ナワル　難民たちはどこに向かったのでしょうか？

医師　南へ。キャンプの中です。いまは誰もが恐れています。報復の応酬を。

ナワル　子どもたちのことはご存じでしたか？

医師　わたしは医者で、子どもたちの診察をしていました。

ナワル　ある子どもを捜しているのですが。

医師　もう会えないでしょう。

ナワル　見つけてみせます。四歳の男の子なんです。生まれてすぐに南部に連れていかれました。エルハームというお産婆《さんば》さんがわたしのお腹《なか》から取りあげて、連れていったんです。

医師　なぜ、子どもを手放したのですか？

ナワル　連れていかれたんです！　手放したんじゃありません。奪われたんです！

その子はここにいたのでしょうか?

医師 エルハームはクファール・ラヤットに大勢の子どもを連れてきましたからね。

ナワル ええ。でも、四年前の春ごろに絞れば、そんなに多くはないでしょう? 生まれたばかりの赤ん坊です。男の子です。北部の出身です。記録が残っていませんか?

医師 もう残っていません。

ナワル 孤児院の清掃人とか食事係とか、誰か覚えている人はいませんか? かわい い子だと思ったとか、自分がエルハームさんから赤ん坊を受け取ったとか、そんな記憶がある人はいませんか?

医師 わたしは医者で、孤児院の管理者ではありませんから。すべての孤児院を巡回していますが、すべてが把握できているわけではないのです。難民キャンプに確かめに行ったらいかがですか。ここよりもっと南です。

ナワル　子どもたちの寝室はどのあたりですか？

医師　その部屋ですよ。

ナワル　あなたはどこにいるの？　どこにいるの？

ジャンヌ　ママ、その目はなにを見つめているの？

ナワル　こうして一緒になれたのだから、もう大丈夫。

ジャンヌ　そこでなにが言いたかったの？

ナワル　こうして一緒になれたのだから、もう大丈夫。

ジャンヌ　こうして一緒になれたのだから、もう大丈夫。

夜。病院。アントワーヌ、走り寄る。

アントワーヌ　なんですか？　なんですか？　ナワルさん！　ナワルさん！

サウダ　ナワル！

アントワーヌ　いま、なんて言ったんですか？　ナワルさん！

アントワーヌ、ナワル（六十五歳）の足もとのカセットレコーダーを取りあげる。

ナワル　時間を戻すことができたら、あの子はこの腕の中に……。

サウダ　どこに行くの？

アントワーヌ もしもし、ジャンヌ・マルワンさんですか?

ナワル 南へ。

アントワーヌ アントワーヌ・デュシャルムです。お母さんの看護をしている者です。

サウダ 待って! 待って! ナワル、待って!

アントワーヌ いま、しゃべったんです、お母さんがしゃべったんです。

ナワル退場。

十八　写真と南部のバス

アントワーヌとジャンヌ、大学にいる。プロジェクターで壁にナワル（四十歳）とサウダの写真が映し出されている。

アントワーヌ　ここはお母さんの祖国ですね。季節は夏。背景に花が咲いているのが見えます。あれは六月から七月にかけて生長する野草です。あの木はイタリアカサマツでしょう。この地域のいたるところに見られます。奥のほうでバスが燃えていますが、車体に文字が書かれています。うちの近所の食料品屋がこの国の出身なんですが、確かめたところ、〝クファール・ラヤットの難民〟と読めるようです。

ジャンヌ　裁判記録を調べました。その中でとくに長い章があって、戦時中にクファール・ラヤットに建設された監獄に関する記述がありました。

アントワーヌ　ほら、見てください。わかりますか？　お母さんの手の部分……。
ジャンヌ　あれはなんですか？
アントワーヌ　ピストルのグリップです。お友だちのほうも、あそこ、シャツの下からのぞいています。
ジャンヌ　ピストルなんか持って、ふたりはなにをしていたんでしょうか？
アントワーヌ　写真からはわかりません。もしかしたら、監獄の守衛の仕事をしていたのかもしれない。監獄ができたのはいつですか？
ジャンヌ　一九七八年です。裁判記録にそうあります。
アントワーヌ　なるほど。つまり、お母さんは七〇年代の後半に、監獄が建設されたクファール・ラヤット村の辺りにいたということですね。そして、名前はわからないけれど、お母さんにはお友だちがいて、ふたりともピストルを所持していた。

沈黙。

大丈夫ですか？　大丈夫ですか、ジャンヌさん？

ジャンヌ　いえ、大丈夫じゃないです。

アントワーヌ　なにか不安なことでも？

ジャンヌ　見つけてしまうのが。

アントワーヌ　これからどうしますか？

ジャンヌ　飛行機のチケットを買います。

ナワル（十九歳）がバスを待っている。サウダが横にいる。

サウダ　わたしも一緒に行くわ。

ナワル　だめよ。

サウダ　あなたをひとりで行かせるわけにはいかない！

ナワル　この道を通るバスがあるのは確かなのね？

サウダ　バスはこの道を通るわ。キャンプに戻る難民が使っているの。あっちで砂ぼこりが立つのが見えたら、間違いなくバスよ。ねえ、ナワル、あの医者が言っていたじゃない。待ったほうがいいって。子どもたちをさらっていったから、キャンプの難民にきっと報復があるだろうって。

ナワル　だから、行かなければならないのよ！

サウダ　ナワル、せめて、あと一日だけでも待てない？

ナワル　あと一日であの子をこの手に抱けるかもしれないのよ。サウダ、太陽を見るとね、思うの。あの子もこの太陽を見ているんだって。鳥が空を飛んでいたら、あの子も同じ鳥を見ているかもしれない。遠くの空に雲が出ていたら、雨の中をあの子が身を縮めて走っているところを想像するの。いつもあの子のことを想《おも》っているの。その一瞬一瞬が、あの子に愛を誓っているのと同じなの。今日で、あの子は四歳になった。もう歩けるし、言葉も話す。きっと暗いところを怖がるわ。

サウダ　あなたが死んだら、元も子もないじゃない。

ナワル　わたしが死ぬとしたら、それは、あの子がもう死んでいるときよ。

サウダ　ナワル……。今日はあそこに行っちゃだめ！

ナワル わたしに指図しないで。

サウダ あなた、わたしに教えるって約束したじゃない。

ナワル 約束なんてしていないわ。ふたりの旅路はここで終わりよ、サウダ。

バスが来る。ナワル、乗車する。バスが発車する。

サウダ、道にたたずむ。

十九　郊外の芝生

エルミル・ルベルの家。

庭にて。

エルミル。ジャンヌ。シモン。

芝生の上にはスプリンクラーがあり、すぐ近くで、ジャックハンマーの音がしている。

エルミル・ルベル　いえね、毎日家でのんべんだらりと過ごしているわけじゃありませんよ、もちろん。ですが、たまには、気分転換もいいものです。さっきオフィスに行ったら、ビルのオーナーが入りこんでいましてね。わたしはさっそく疑心アンキモになりました。オーナーはこんなことを言うんです。「ルベル先生、中に入らないでください。床を新しく張り替えますから。いま、カーペットをはがしているところです」とね。だから、わたしは「知らせてくれてもよかったのに。こちらには仕事がある。来客の予定も入っている」と言いました。すると、オーナーは「いずれにしても、先生は毎度お忙しい身ですから、今日だろうと明日だろうと、文句をつけたでしょう」なんて言うのです。「文句なんかつけない。ただ知らせてほしかっただけだ。とくにいまは仕事が詰まっているときだから」と答えると、むこうはこちらを見て、「それは先生に計画性がないからです」などと、のたまうわけです。オイオイ、計画性がないだと？　それで、わたしは「計画性がないのはどっちだ。そっちこそ、藪から、、、フォーにやってきて《床を張り替えます》なんて言いだしたくせに」と皮肉ったんです。むこうが「いずれにしても、出ていってもらわないと」と口答えするものだから、こちらも「いずれにしても、出ていきますよ！」と言い返してやりました。それでオフィスを出てきたら、運よくきみたちにばったり出会ったというわけです。

さあさ、外へどうぞ、どうぞ、どうぞ。どうせ家の中にいたって、やたら暑いだけですから。庭に出ましょう。この暑さでは、芝生もあっという間に黄色くなってしまいます。スプリンクラーを回してきますからね。それで涼しくなるでしょう。

エルミル、水栓を開いて、芝生に散水する。ジャンヌとシモン、エルミルのほうへ行く。ジャックハンマーの騒音。

エルミル・ルベル　あれは道路の改良工事をしているんですよ。あの騒音は冬まで続くそうです。さあさ、庭へどうぞ、どうぞ、どうぞ。いずれにしても、うちに来てもらえてよかった。歓迎しますよ。ここは両親の家でね。以前は見渡す限りの野原だったんです。それが、いまではカナディアン・タイヤと発電所に化けました。まあ、オイルサンドの採掘場よりかはましですがね、もちろん。親父《おやじ》が死ぬ間際《まぎわ》にそう言っていました。石油生産設備ができるくらいなら、死んだほうがましというもの。親父はこの二階の寝室で息を引き取りました。さて、書類はこちらです。

ジャックハンマーの騒音。

エルミル・ルベル　道路工事の影響で、路線バスが迂回《うかい》運行をしているんですよ。バス停がうちの庭の柵《さく》のむこうに移動してきましてね。ちょうどあそこです。バスは必ずあそこで停車します。バスが停車するたびに、お母さんのことが思い出されます。ピザを注文しましたから、あとで一緒にいただきましょう。セットでドリンク、フライドポテト、チョコバーが付いています。トッピング全部乗せにしてあります。ペパロニは外しておきました。あれは消化に悪いですからね。インド人がやっているピッツェリアなんですが、ピザがほんとうにうまいんです。料理が苦手なものでね、外食が多いんですよ。

シモン　いいじゃん、オーケー、それなら手っ取り早いや。俺、今夜、試合があるんで。リカバリーするにはもう遅いけどさ。

エルミル・ルベル　よし。ピザが届くまでに、書類のほうを片づけてしまいましょうか。

ジャンヌ　あの、先生はなぜバスが停車するたびに母のことを思い出すんですか？

エルミル・ルベル　お母さんはバス恐怖症だったんです。

ジャンヌ　え？　なに恐怖症ですって？

エルミル・ルベル バス恐怖症です。書類は全部揃《そろ》っています。規定どおりです。恐怖症のことは知りませんでしたか？

ジャンヌ 初耳です！

エルミル・ルベル お母さんは絶対にバスに乗ろうとしませんでした。

ジャンヌ 母はその理由を話したのですか？

エルミル・ルベル ええ。若いころに目の前で民間のバスが銃撃されるのを見たそうです。想像するだに恐ろしいことです。

ジャンヌ どうして先生がそんなことを知っているのですか？

ジャックハンマーの騒音。

エルミル・ルベル お母さんが話してくれたのです。

ジャンヌ でも、なぜ、なぜ母は先生にそんな話をしたんでしょうか？

エルミル・ルベル さあ、わたしが尋ねたからでしょうか。

エルミル、姉弟に書類を差し出す。ジャンヌとシモン、指し示された箇所にサインをする。

エルミル・ルベル はい、この書類をもって相続の手続きは完了です。ただし、遺言書に書かれていることで片づいていないことがあります。シモンくん、これはきみに対して言っているんですけどね。

シモン なんで俺だけ？

エルミル・ルベル　きみはまだ、お兄さん宛《あ》ての封筒を受け取っていません。

シモン、ジャンヌのほうを見る。

ジャンヌ　ええ、そうよ、わたしは封筒を受け取ったわ。

シモン　理解できない……。

ジャックハンマーの騒音。

ジャンヌ　なにが理解できないのよ？

シモン　姉貴がなにを気取っているのか理解できないんだよ！

ジャンヌ　別に気取ってなんかいないわ。

シモン　なんで俺に黙っていたのさ？

ジャンヌ　こうしているだけでもすごく勇気がいるのよ！

シモン　で、どうするつもりだよ？　「パパ、パパ、どこにいますか？　わたしはあなたの娘です」って、あっちこっち叫んで回るのかい？　ふん、数学の問題を解くようにはいかないぜ。答えにはたどりつかない！　答えなんてないからな！　そんなの、あるもんか……。

ジャンヌ　あなたと議論するつもりはないから、シモン。

シモン　……親父はいない、兄貴はいない。姉貴と俺だけだ。

ジャンヌ　さっきのバスのことですが、先生、母から詳しい話を聞いていませんか？

シモン　ねえ、これからどうするのさ？　ちくしょう！　どこに探しにいくんだよ！

ジャンヌ 母はどんな話をしたのですか？

サウダ （泣き叫んで） ナワル！

シモン バスのことなんかいいから、俺の質問に答えろよ！ どこで父親を探すんだよ！

ジャックハンマーの騒音。

ジャンヌ 母はなにを語ったのですか？

サウダ ナワル！

エルミル・ルベル お母さんの話というのはこうです。ある町に到着したとき……。

サウダ　（ジャンヌにむかって）すみません、若い女性を見かけませんでしたか？　ナワルという名前です。

エルミル・ルベル　バスが一台、目の前を通り過ぎて……。

サウダ　ナワル！

エルミル・ルベル　バスは満員だったそうです！

サウダ　ナワル！

エルミル・ルベル　男たちが走ってきて、バスの前に立ちはだかった。彼らはバスにガソリンをまいた。それから、機関銃を持った別の連中がやってきて、それで……。

ジャックハンマーの長い連続音がエルミル・ルベルの声をかき消す。
スプリンクラーから血が噴出され、辺り一面が血の海になる。

ジャンヌ退場。

ナワル　サウダ！

シモン　ジャンヌ！　ジャンヌ！　戻ってこい！

ナワル　サウダ、わたし、バスに乗っていたのよ、難民たちと一緒に！　民兵にガソリンをまかれたとき、わたしは叫んだ。「わたしはキャンプの住人じゃない、難民じゃない、あなたがたの同胞よ、難民にさらわれた子どもを捜しているだけよ！」と。そしたら、バスから降ろされたの。そのあとで、そのあとで、民兵は一斉に銃を撃って、撃ちまくった。バスは一気に燃えあがった。乗客もろとも燃えあがったのよ。老人も、子どもも、女性も、みんないっぺんに炎に包まれた。女性がひとり、窓から脱出しようとしていた。でも、兵士たちに蜂《はち》の巣にされてしまった。彼女は子どもを腕に抱き、窓の縁にこうやって、またがったままの格好で、燃え盛る炎の中にいた。彼女の皮膚が溶け、子どもの皮膚が溶け、すっかり溶けて乗客全員が焼き尽くされてしまった！　サウダ、もう時間がないわ。もう時間がない。時間は頭を切り落とされたニワトリよ。狂ったように右へ左へと走っていく。首からは血がどくどくとあふれ出し、わたしたちは血の海に呑《の》みこまれてしまう。

シモン　（携帯にメッセージを残す）ジャンヌ！　ジャンヌ！　俺にはもう姉貴しかいない。姉貴にはもう俺しかいない。しかたないよ、忘れるしかない。電話を待っているよ、ジャンヌ、電話を待っているから！

二十　多角形のまさに中心へ

シモン、試合用のコスチュームに着替える。
ジャンヌ、背中にリュックサック、手には携帯電話。

ジャンヌ　シモン、ジャンヌよ。いま、空港にいるの。シモン、これからママの祖国に向かうわ。それを伝えたくて電話したの。わたしたちの父親を探しにいってみるわ。もし見つかって、いまも生きているなら、封筒を渡す。ママのためじゃない。自分のため、あなたのためよ。そして、これからのためにも。でも、それにはまず、過去のママに会う必要がある。これまでわたしたちに隠していた過去を生きていたママに会わなければならない。もう電話を切るわね、シモン。電話を切ったら、頭から飛びこんでいくわ。わたしの人生を構成していたあの正確な幾何学から遠くかけ離れた世界へとダイブする。わたしは、読んで、書いて、数を数えて、言葉を話すことを学んだ。その学んだことすべてが、もうなんの役にも立たない。いまから飛びこむ世界は、いえ、すでに滑りこんでいる世界は、ママの沈黙の洞窟《どうくつ》よ。シモン、泣いているの？　ねえ、泣いているの？

ボクシングの試合。シモン、ノックアウトされる。

ママ、どこへ連れていくの？　わたしをどこへ連れていくの？

ナワル　多角形の中心へ。ジャンヌ、多角形のまさに中心へ。

ジャンヌ、耳にイヤホンをつけ、ウォークマンにカセットを入れて、母の沈黙を聴きはじめる。

INCENDIE DE JANNAANE

ジャナーンの業火《ごうか》

二十一　百年戦争

ナワル（四十歳）とサウダ。破壊された建物内。床に二体の遺体が横たわっている。

サウダ　ナワル！

ナワル　彼らはアブデルハンマスのところにもやってきた。ザン、ミラ、アビエルが殺されたわ。彼らはマデルワアドを捜していた。どこを捜しても見つからないので、家族を皆殺しにしたのよ。喉《のど》を掻《か》き切って。長女は生きたまま焼かれた。

サウダ　わたしはハラムの家に行ってきたところ。彼らはそこにもきていたわ。ハラムがいないことがわかると、彼らはハラムの娘と妻を拉致《らち》した。どこに連れ去ったのか誰も知らない。

ナワル サウダ、新聞に出資してくれた人たちはひとり残らず殺されてしまったわ。新聞社で働いていた仲間たちも全員殺された。彼らは輪転機に火を放ち、紙を燃やし、インクをぶちまけた。そして、ここでは、ほら、エカルとファリッドが殺されている。サウダ、彼らが捜しているのはわたしたちよ。わたしたちを捜しているのよ。ここに残っていたら、一時間もしないうちに見つかって殺される。だから、難民キャンプに行きましょう。

サウダ わたしの従兄弟《いとこ》が住んでいるから、そこに身を寄せればいい。少しは安全でしょうから。

ナワル 安全ね……。

サウダ 彼らは新聞の購読者たちの家まで焼き払ったんだから。

ナワル つまり、まだ終わらないということよ。間違いない。よくよく考えてみたの。

これは百年戦争のはじまりよ。世界最終戦争が始まったのよ。サウダ、あなたならわかってくれるから、言うわ。いまの世代は興味深い世代なのよ。どちらが野蛮でどちらが野蛮ではないかを主張しようとして闘う自分たちの姿を俯瞰《ふかん》的に捉《とら》えることは、きっとためになるはず。そう。興味深いわ。屈辱を糧《かて》にした世代よ。間違いなく。ほんとうに。いま、わたしたちは岐路に立たされている。この戦争が終結すれば、そのとき、時代もまた終わりを告げる。みんなは気づいていないけれど、すぐにでもこの殺しあいの解決法を見つけないと、もう止められなくなってしまう。

サウダ　だけど、どこで戦争をしているの？　なにを争っているの？

ナワル　それは、あなたもよく知っている。兄が弟と、姉が妹と反目しあう。怒りに駆られた民間人同士の争いよ。

サウダ　いつまで続くの？

ナワル　わからない。

サウダ　本は教えてくれないの？

ナワル　本はすばらしいわ。でも、往々にして、前時代的か、時代を先取りしすぎているかのどちらかよ。そのどれもが喜劇的に作用する。新聞社は彼らに破壊されてしまったけれど、それなら、別の新聞を起《た》ちあげるまでよ。以前の新聞は〈日の光〉という名前だった。新しい新聞は〈暁の歌〉と命名しましょう。わたしたちはまだやれるわ。言葉には恐ろしい力がある。冷静さを失わず、物事をはっきりと見通さなければならない。先人に倣《なら》って、鳥の飛翔《ひしょう》から雲行きを読みとるように。見抜いてみせようじゃないの。

サウダ　なにを見抜くというの？　エカルは死んだわ。あとには彼のカメラが残された。カメラが写したものは打ち砕かれ、暮らしは破壊された。自分たちひとりひとりよりも、モノのほうに希望があるこの世界って、いったいなんなのかしら？

間。サウダ、祈るように歌う。

二十二 アブデサマド

ジャンヌ、ナワルの生まれた村にいる。
その正面にはアブデサマドがいる。

ジャンヌ アブデサマド・ダラジアさんですね？ あなたなら村のことはなんでも知っているから、会いに行くように言われたんです。

アブデサマド 真実も嘘《うそ》も知っておるぞ。

ジャンヌ ナワルを覚えていますか？ （写真を見せながら）この人です。この村で生まれ育った女性です。

アブデサマド　サウダと一緒に村を出ていったナワルという娘がおる。じゃが、それは伝説でな。
ジャンヌ　サウダというのは？
アブデサマド　伝説じゃよ。その娘は〝歌う娘〟と呼ばれておった。深みのある美声の持ち主でな。いつも、ここぞというときに歌うのじゃ。伝説じゃよ。
ジャンヌ　では、ナワルは？　ナワル・マルワンは？
アブデサマド　ナワルとサウダ。伝説じゃよ。
ジャンヌ　伝説ではなんと？
アブデサマド　伝説では、ある晩、ナワルとワハブは仲を引き裂かれたということじゃ。

ジャンヌ　ワハブというのは？

アブデサマド　だから、伝説じゃよ。夜遅く森を通りかかると、白い木のある岩場のあたりから、ふたりの笑い声が聞こえてきたそうな。

ワハブとナワル（十四歳）、白い木のある岩場にいる。ナワル、プレゼントの包みを開ける。

ワハブ　きみへの贈りものだよ、ナワル。

ナワル　まぁ、道化師の鼻じゃない！

ワハブ　一緒に旅回りのサーカスで見たのと同じものだよ。あのとき、きみは笑い転げていたよね！「ねえ、あの鼻！　あの鼻！　あの鼻を見て！」なんて言ってさ。ぼくはきみの笑う声を聞くのが大好きなんだ。だから、サーカス団のテントまで行ったんだ。危うくライオンの餌食《えじき》になるところだったし、ゾウにも踏みつぶされそうになったよ。トラたちには掛けあって、ヘビ三匹で手を打ってもらった。ぼくは道化師のテントに忍びこんだ。道化師は眠っていて、テーブルの上に鼻が置いてあった。それを失敬して、逃げ帰ってきたというわけさ！

アブデサマド　墓地にはいまも石が残っておる。伝説によると、ナワルはそいつに自分のばあさんの名前を刻んだのじゃ。一文字ずつ順繰りにな。墓地ではじめて刻まれた言葉じゃよ。ナワルは字が書けるようになっておったのじゃ。それから、ナワルは村をあとにした。サウダも一緒についていった。そして、戦争が起きたのじゃ。若い者が去りゆくと、ろくなことにならん。

ジャンヌ　クファール・ラヤットはどこにありますか？

アブデサマド　地獄じゃ。

ジャンヌ　くわしく教えてください。

アブデサマド 南じゃ。ナバチエ村とそう離れておらん。道なりに行くがよい。

アブデサマド退場。ジャンヌ、電話する。

ジャンヌ もしもし、シモン、ジャンヌよ。いま、ママの生まれた村にいるの。ほら、聴いて。村の音を聴いてみて。

ジャンヌ、電話をかざしながら、退場する。

二十三　命はナイフのまわりに

サウダとナワル（四十歳）、村を離れる。

朝。

民兵が来る。

民兵　おまえらは何者だ？　どこから来た？　旅行者は立ち入り禁止だぞ。

ナワル　ナバチエ村から来ました。クファール・ラヤットに行くところです。

民兵　もしや、おまえら、われわれが二日前から捜している女二名ではないか？　われわれ民兵が組織を挙げて捜している女たちだ。南に侵攻してきた軍隊もその二名を捜しまわっている。彼女たちは新聞を発行し、民衆を洗脳する者たちだ。

沈黙。

どうやら、おまえらがその二名らしいな。ひとりは記事を書き、もうひとりは歌を歌う。この靴を見ろ。昨晩、死体の足から脱がせたものだ。われわれは、これを履いた男どもと睨《にら》みあい、取っ組みあって、殺してやった。やつらは「お互い同じ国の人間だ。同じ血が流れている者同士だ」なんてこきやがった。だから、やつらの頭をかち割って、靴を奪ってやった。はじめのうちは手が震えたぜ。誰もがそうなる。最初は躊躇《ちゅうちょ》する。人の頭がどれくらい硬いのかは知らん。だから、どれくらい強く叩《たた》けばいいかわからない。ナイフをどこに突き刺せばいいかもわからない。誰でも最初はわからないもんだ。いちばん難しいのは、ナイフを突き刺すことではなく、突き刺したナイフを抜くことだ。なぜなら、筋肉がおのずと縮んで、ナイフが抜けなくなるからだ。筋肉は、命がそこに留まることを知っているのだ。命はナイフのまわりに留まるのだ。だから、ナイフの刃を研ぎすますしかない。それで問題は解決する。刺すのと同じくらいすっと抜ける。最初は難しいが、そのあとは、たやすいもんだ。

民兵、恐怖で動けないナワルの体を摑《つか》んで、喉にナイフを突きつける。

おまえらの喉を搔き切ってやるよ。そしたら、歌う女は美声で歌えるかい？ 考える女はなおも考えていられるかい？ いまにわかるってことよ……。

サウダ、迷わず拳銃《けんじゅう》を抜き、発砲する。

民兵、倒れる。

サウダ ナワル、この民兵の言うとおりじゃないかって、怖くなったわ。こいつが言っていたこと、聞いたでしょう。「最初は難しいが、そのあとは、たやすいもんだ」って。

ナワル 殺したわけじゃない。あなたは、わたしたちふたりの命を守ったんだわ。

サウダ ものは言いようね。言葉ってたいしたもんだわ！

サウダ、民兵の死体に二発目の銃弾を撃ちこむ。

二十四　クファール・ラヤット

ジャンヌ、クファール・ラヤットの監獄の中にいる。隣にガイドがいる。ジャンヌ、写真を取り出す。

ガイド　観光産業振興政策により、こちらの監獄は二〇〇〇年に博物館になりました。わたしは以前、北部地方で古代ローマの遺跡のガイドをしていました。わたしの専門がそうでして。現在は、こちらのクファール・ラヤットの監獄を担当しています。

ジャンヌ　(ナワルとサウダの写真を見せて) この女性たちをご存じないですか?

ガイド　知りません。どなたですか?

ジャンヌ　おそらくここで働いていたと思われる人たちです。

ガイド　それなら、この人たちは戦争終結後に、拷問人《ごうもんにん》のアブー・タレクと一緒に逃亡したはずです。こちらが、クファール・ラヤットの監獄で最も有名な独房です。7号独房。観光ツアーのみなさんが見学にいらっしゃいますよ。ここは〝歌う女〟の独房でした。五年間、ここに拘束されていた女性です。ほかの囚人たちが拷問を受けているあいだ、彼女は歌を歌っていました。

ジャンヌ　その〝歌う女〟は、サウダという名前じゃありませんか？

ガイド　名前まではわかりません。囚人たちには、称呼《しょうこ》番号がありました。つまり、全員が番号で呼ばれるのです。歌う女は72番でした。ここでは誰もが知る数字です。

ジャンヌ　えっ、72番ですって⁈

ガイド　はい、そうですが、なにか？

ジャンヌ　当時ここで働いていた人をご存じありませんか？

ガイド　小学校の守衛が、当時、ここの看守を務めていました。

ジャンヌ　この監獄は一九七八年にできたそうですが？

ガイド　そう、一九七八年です。クファール・リヤドとクファール・マトラの難民キャンプで大虐殺《だいぎゃくさつ》があった年です。ここからそう遠くない場所ですよ。軍隊がキャンプを包囲して民兵たちを突入させ、民兵たちは見つけた住民をことごとく殺しました。まったく狂気の沙汰《さた》としか言いようがありません。組織のリーダーが暗殺され、憤《いきどお》った民兵たちが報復に出たというわけです。この国はすねに大きな疵《きず》を持っているのです。

ジャンヌ、その場をあとにする。

二十五　友情

ナワル（四十歳）とサウダ。

サウダ　彼らがキャンプに侵入した。ナイフ、手榴弾《しゅりゅうだん》、マチェーテ（農業や林業で使われる刀剣で、軍用もある）、斧《おの》、機関銃、硫酸で武装して。震えもしないその手で武器を振りかざし、就寝中の住民を襲撃した。みんなぐっすり眠っているところを襲われて、子どもも女も男も殺された！

ナワル　あなた、なにをするつもり？

サウダ　黙って行かせて！

ナワル なにをしようというの？ どこへ行くの？

サウダ いまから一軒一軒回っていく！

ナワル それぞれ頭に一発ずつお見舞いするというわけ？

サウダ 目には目を、歯には歯を。いつまでたっても彼らはそう叫びつづける！

ナワル そのとおりだわ。でも、あなたのやりかたは間違っている！

サウダ ほかに方法がないもの！ 死が平然と考えられるものである以上、ほかに方法がない！

ナワル じゃあ、あなたも家の中に押し入って、子どもも女も男も殺すつもり？

サウダ 彼らは、わたしの両親を殺し、従兄弟たちを殺し、隣人を殺し、両親の知りあいを殺した！　だから、おあいこよ！

ナワル　ええ、サウダ、あなたのいうとおり、おあいこね。でも、よく考えて！

サウダ　考えても無駄よ！　考えたからって、誰も生き返りはしないわ！

ナワル　よく考えて、サウダ！　あなたは被害者で、あなたの行く手に立ちはだかる者を皆殺しにしようとしている。そうして、あなたは虐殺者となり、そのあと、こんどはあなたが犠牲者になる。サウダ、あなたには歌があるじゃない、あなたには歌があるわ！

サウダ　歌なんか歌う気になれない！　自分を慰めようなんて思わないわ、ナワル。あなたの考え、あなたが描いてみせるもの、あなたの言葉、あなたの瞳《ひとみ》、あなたの友情、ふたりでともに歩んでいく人生、それだけを望んでいるわけじゃない。この目で見て、この耳で聞いた苦しみを、それらに慰めてもらおうとは思わない！　彼らは猛《たけ》り狂ってキャンプに突入してきた。最初の悲鳴でほかの住民も目覚め、すぐに民兵たちの怒号が聞こえた！　彼らは手はじめに子どもを壁に叩きつけた。それから、見つけた住民を片っ端から殺していった。少年は喉をかき切られ、少女は焼き殺された。まわりじゅうのものが燃えていたわ、ナワル、なにもかもが燃やされて、すっかり焼けただれてしまったのよ！　路地から流れてくる血が波となって打ち寄せてきた。声をかぎりに叫び、やがてその叫びは消え、ひとつの命が消えていく。ひとりの民兵が三人の兄弟の処刑の準備をしていたわ。兄弟は壁を背にして立たされた。わたしはその足もとの排水溝に隠れていたの。三人の脚が震えているのが見えた。三人兄弟なのよ。民兵たちが兄弟の母親を、髪を掴んで引きずってきて、息子たちの前に立たせて怒鳴ったの。「選べ！　助けたい息子をひとり選ぶんだ！　さあ、選べ！　選ばないなら全員殺す！　三人全員だ！　いいか、三つ数えるぞ。三つ数えたら、三人とも撃ち殺す！　選べ！　選ぶんだ！」母親は言葉が出ない。どうすることもできないの。右を向いて、左を向いて、三人の息子の顔をひとりひとり見ているの！　いい？　ナワル、これは作り話なんかじゃない。わたしが至近距離で目《ま》の当たりにした苦しみの話をしているの。三人の震える脚のあいだから、母親が見えた。三人の息子を産んで育てた垂れ下がったおっぱいや、くたびれた体も。全身がわなわなと怒りの声を上げていた。《わが子が壁に並ばされ、血まみれになるのを見るためだとしたら、この子たちを産んだことになんの意味があるのか！》……相変わらず民兵は「選べ！　選べ！」と迫ってくる。母親は民兵を見て、最後の望みをかけるように言った。「わたしを見なさい。わたしがあんたの母親だったら、そんなひどいことができるの？」すると、民兵は母親を殴りつけた。「俺の母親を侮辱するんじゃねえ！　さっさと選べ！」それで母親はひとりの名前を口にした。「ニダル、ニダル！」……。そして、その場にへたりこんでしまった。民兵は弟ふたりを撃ち殺し、長男だけを生かしておいた。長男は震えていたわ。民兵は長男をそのままにして立ち去った。あとにはふたりの亡骸《なきがら》が横たわっていた。母親は立ちあがり、燃え盛る町の中心で、嘆き悲しむ町の中心で、泣き叫んだ。「息子たちを死に追いやったのは、このわたしだ！　わたしがわが子を殺した張本人だ！」

ナワル　あなたの気持ちは理解できるわ、サウダ。でも、それに応《こた》えたくても、どうすることもできない。ねえ、これから話すことを聞いて。いま、この国には血の雨が降り注いでいる。そんな状況下では、ひとりの母親の苦しみなど、わたしたちを打ち砕く恐ろしい暴力装置と比べたら、軽んじられてしまう。その女性の苦しみ、あなたの苦しみ、わたしの苦しみ、あの夜命を落とした人々全員の苦しみは、もはや物議をかもすことすらなく、ただ、途方もない足し算となっている。計算しつくせない長い長い足し算よ。だから、サウダ、あなたに言うわ。もう語られることのないような愛の物語から生まれたわたしの息子を一緒に捜してくれたあなたに、陽の当たる道でアルファベットをともに唱えてきたあなたに言うわ。あなたは、この途方もない足し算に加わらなくていい。あなたが加わることはない。

サウダ　じゃあ、どうするの？　ねえ、どうするの？　このまま手をこまねいているなんて！　ただ待つだけ？　それで理解できるの？　なにを理解できるの？　これはすべて愚かな者たちのあいだで起きたこと、わたしたちには関係ない、そう自分に言いきかせるの？　本やアルファベットに没頭して、ほんとうにすてき、ほんとうに美しい、ほんとうにすばらしい、ほんとうにおもしろい、なんて感想を述べていればいいの？　「すてき」「美しい」「すばらしい」「おもしろい」……そんな言葉は犠牲者たちの顔に唾《つば》を吐きかけるようなものだわ！　言葉！　言葉はなんのためにあるの？　ねえ、いま、わたしはどうしたらいいのかわからない。教えて、ナワル！　わたしたち、どうするべきなの？

ナワル　わたしには答えられない、サウダ。わたしたちは力を奪われてしまったから。もとの自分に戻れるほどの力はない。それでも、一時しのぎのささやかな力は残っている。それは、わたしたちが知っていることと、感じていることよ。それはいいことであり、悪いことでもある。とにかく、これだけは言わせて。わたしたちは好きでもないのに、戦争を強いられている。好きでもないのに、不幸の真っただ中にいる。あなたは復讐《ふくしゅう》を考えている。家を焼きはらい、彼らに自分と同じ気持ちを味わわせるつもりね。彼らがそれを理解して、心を入れ替えるように。殺戮《さつりく》を実行した者たちが生まれ変われるように。あなたは彼らに理解させるために、罰を与えようとしているのでしょうけど、この愚か者同士のゲームは、愚かさと苦痛を肥やしにしているのよ。その愚かさと苦痛こそが、あなたの心の目をくらましているのよ。

サウダ　じゃあ、じっとしていろと？

ナワル　あなたは誰かを説得するつもり？　もはや説き伏せることのできない人間が

いることがわからない？　もうどんなことも納得しようとしない人間なのに？　母親の耳もとで「選べ！」と迫り、母親みずから息子たちに死刑宣告するように仕向けた男に、自分が間違っていることをどうやって説明するわけ？　あなたはどう思っているの？　男はこう言うのかしら？　「ああ、サウダさん、あなたの意見に賛同します。さっそく意見を改め、心を改め、血を入れ替えて、世の中を変え、世界を変え、この惑星を変えましょう。いまこの場でお詫《わ》びします」とか？　あなたが考えていることはなに？　男の妻と息子を手にかけて、男になにかを教えようというの？　あなたの考えはこうね。男は愛する家族の亡骸を前にして、一夜のうちに心を変える。「そうか、よくよく考えたら、確かに難民には地上に住む権利がある。彼らに土地を譲って、一緒に仲よく平和に暮らすとしよう！」……ねえ、サウダ、わたしの胎内から息子が取り出され、その子がわたしの腕から無理やり奪われ、そして、わたしの人生から引き離されたとき、悟ったの。世界を壊すか、あの子を取り戻すために手を尽くすか、どちらかを選ばなければならないと。毎日のように息子を想《おも》うわ。あの子はいま二十五歳。人を殺すことができる年齢だし、死んでいてもおかしくない。その年齢なら、愛や苦しみを味わっているかもしれない。ねえ、ここまで話してきて、いま、わたしがなにを考えていると思う？　わたしはね、間違いなく息子は死んでいると思う。探しても無駄だと思う。わたしが満たされることは永遠にないでしょう。人生から息子が去り、その亡骸とも絶対に会えないのだから。あなたが話してくれた母親の苦しみがわたしにはわからないとは思わないで。その苦しみは毒のように、わたしの心を蝕《むしば》んでいる。サウダ、正直な気持ちを言うわ。真っ先に手榴弾を手に入れたい。ダイナマイト、爆弾、とびきり威力のありそうなものは全部手に入れる。それらを体に巻きつけるか、飲みこむかして、愚かな人間たちのど真ん中めがけて、まっすぐ突っこんでいく。そして、喜んで自爆する。あなたでさえ想像できないくらい喜んで、そうしたいと思っている。わたしにはもう失うものがなにもないから。この憎しみは半端《はんぱ》ではない。とてつもなくその男たちが憎い！　わたしは毎日、わたしたちの暮らしを破壊する者たちの顔そのものの中で生きている。その皺《しわ》の一本一本の中で生きている。彼らを弱体化させ、その精神の髄まで抜き取るために、わたしは実行するしかない。わかるわね？　でも、わたしには約束がある。ひとりのおばあさんと、読み書きや話術を学び、貧困から抜け出し、憎しみから抜け出すことを約束したの。わたしはその約束を守るわ。なにがなんでも。いつも星を見あげて、決して誰も憎まない。きれいでもないし、裕福でもない、ないないづくしのおばあさんだけど、わたしの力になって、わたしの面倒を見てくれて、救ってくれた。その人との約束なの。

サウダ じゃあ、どうするの？

ナワル それはこれから話すわ。黙って最後まで話を聞いて。そして、反対しないと、いますぐ約束して。

サウダ あなた、なにを企《たくら》んでいるの？

ナワル 約束して！

サウダ できない！

ナワル 思い出して。わたしに会いにきたとき、あなた、言ったわよね。「読み書きを教えてくれ」って。わたしは承知して、約束を果たしたわ。こんどはあなたが約束する番よ。さあ、約束して。

サウダ　約束するわ。

ナワル　これから襲撃をかける。でも、襲撃するのは一か所。一点だけに集中して、襲う。子どもも、女性も、男性も誰も犠牲にしない。ひとりを除いて。そのひとりに罰を与える。殺す、殺さないは重要ではない。とにかく、罰を与える。

サウダ　誰を狙《ねら》うの？

ナワル　シャドよ。

サウダ　全民兵組織の最高指導者じゃない。そんな人物に近づけっこないわ。

ナワル　シャドの子どもの家庭教師は、わたしのかつての教え子なの。彼女に協力してもらうわ。一週間の予定で、わたしが代理の家庭教師として潜入する。

サウダ　なぜ「わたしたち」じゃないの？

ナワル　わたしひとりで行くからよ。

サウダ　で、なにをするの？

ナワル　最初の何日かは、なにもしない。シャドの娘たちに勉強を教える。

サウダ　それで？

ナワル　最終日、去りぎわに、シャドに二発お見舞いする。一発は、あなたのため、もう一発は、わたしのため。難民のためと、この国の人たちのため。この国の愚かさのためと、この国に侵攻してきた軍隊のために。二発は双子みたいに対《つい》をなしているの。一発ではなく、三発でもない。二発よ。

サウダ　それで？　どうやって逃げるの？

沈黙。

サウダ　だめよ。実行するのはあなたじゃない。

ナワル　わたしじゃだめ？　ならば、誰がやるの？　まさか、あなたが？

サウダ　いけない？

ナワル　なぜ、そうする必要があるのか？　復讐のため？　違うわ。みんな、まだ心の底から誰かを愛したいと思っているからよ。いまの状況では、死ぬ人と、まだ死なない人がいる。ならば、心の底から誰かを愛したことがある人から先に死ぬほうがいい。そういう愛をまだ知らない人よりも先に。サウダ、それがわたしの思っていることよ。わたしは、愛すべくして愛を知り、授かるべくして子どもを授かった。学ぶべきことがあったから学んだ。いま、わたしに残されているのは死ぬことだけ。死を選べばそれで完結する。あなたはシャムセディンを頼って、そこでかくまってもらいなさい。

サウダ シャムセディンだって、ほかと変わらず暴力的な人間よ。

ナワル それよりほかに道はない。サウダ、約束を守って。わたしのために生きて。わたしのために歌いつづけて。

サウダ あなたなしでどうやって生きていけというの?

ナワル わたしだってそう。あなたがいなくなったら、どうやって生きていけばいいのかしら? ずっとむかし、お互いまだ若かったころに暗唱した詩があったわね? あのころのわたしはまだ息子に会えると信じていた。(ふたり、アラビア語でイブラヒム・ナジの詩『アル・アトラル(廃墟《はいきょ》)』を唱える)この詩を口ずさむたびに、あなたのことが恋しくなるでしょう。ねえ、勇気が必要なときは、アルファベットを唱えて。わたしも勇気が必要なときは、歌を歌うわ。サウダ、あなたが教えてくれたとおりに歌う。わたしの声はあなたの声となり、あなたの声はわたしの声となるでしょう。

そうすれば、わたしたちは一緒にいられる。一緒にいられることほど美しいものはないわ。

二十六　緑の上着

ジャンヌと学校の守衛。

守衛　わたしが小学校の守衛ですが。

ジャンヌ　すみません。むかしのことでお聞きしたいことがあって……あの博物館がまだ監獄として機能していたころのことなのですが。

守衛　あんな場所にいつまでもいるもんじゃありませんよ。

ジャンヌ、緑の上着を取り出す。

ジャンヌ　この上着と背中の数字の72に、なにか思いあたることはありませんか？

守衛、上着を手に取る。

守衛　歌う女だ。

ジャンヌ　（写真を差し出して）こちらの女性ですか？

守衛　（写真を確かめて）違います。こっちです。

ジャンヌ　その人じゃなくて、この人でしょう？

守衛　わたしは何年ものあいだ彼女を見てきましたからね。この女がずっと独房にいました。歌う女です。顔を見た者は少なくてね。自分はそのうちのひとりです。

ジャンヌ　ちょっと待ってください！　こちらの女性、この、髪が長くて、微笑《ほほえ》んでいる女性、こちらのほうが歌う女で間違いないんですね？

守衛 独房で見てきたのは、この女ですよ。

ジャンヌ じゃあ、こちらの女性は？

守衛 見覚えがありません。

ジャンヌ サウダです。この人はサウダといいます。彼女が歌う女です！ みんながそう言っていました。

守衛 それなら、その人たちは嘘をついていますよ。こっちの女こそ、歌う女です。

ジャンヌ ナワルですか？ ナワル・マルワンですか？

守衛 名前では呼ばれてなかったのでね。歌う女と呼ばれていました。72番。7号独房。民兵組織のリーダーを暗殺した女です。二発の銃弾でね。国中を震撼《しんかん》させた事件でした。民兵たちは彼女をクファール・ラヤットに収監しました。彼女の仲間は全員捕まって殺されています。友人のひとりだった女は、民兵が詰めているカフェに侵入して自爆しました。歌う女がひとり生き残ったんです。彼女の身柄はアブー・タレクの手にゆだねられました。毎晩のようにアブー・タレクは彼女を強姦《ごうかん》しました。ふたりの声が入りみだれて聞こえてきたものです。

ジャンヌ　そ、そんな、ほんとですか、強姦されていたなんて！

守衛　ここでは日常的に起きていたことです。それで、とうとう彼女は妊娠しました。

ジャンヌ　なんですって！

守衛　それも日常的に起きていたことです。

ジャンヌ　当然ながら、その女性は妊娠して……。

守衛　彼女が出産した夜は、監獄中がシーンとしていました。彼女は独房の片隅にうずくまり、たったひとりで自力で子どもを産みました。彼女がうめくのが聞こえました。われわれ全員を呪《のろ》っているようなうめき声でしたよ。物音がしなくなってから独房に戻ると、中は真っ暗でね。赤ん坊はバケツに入れられて、布が被《かぶ》せてありました。監獄で生まれた赤ん坊を川に捨てにいくのも看守の務めなんですよ。そのときは冬でした。自分はバケツを持って、中を見ないようにしながら外に出ました。美しい夜でしたよ、それでもって寒くてね。深い闇《やみ》が広がっていて。月は出ていませんでした。川が凍っていたんで、とりあえず溝まで行って、そこにバケツを置いてきたんです。でも、子どもの泣き声が聞こえてね、歌う女の歌声も聞こえてきました。思わず足が止まりました。罪悪感が冷え切った黒い闇のように広がってきました。泣き声と歌声が雪崩《なだれ》のように心を埋めていきました。だから、引き返してバケツを回収したんです。そのままわたしは歩いていきました。長いこと歩いて、家畜を連れた農夫とすれ違いました。農夫は村に戻るところで、キセルワンに向かっていました。農夫はこちらを見て苦悩を察し、水を飲ませてくれました。わたしはその農夫にバケツを託しました。「ほら、これは歌う女の子どもですよ」とね。そして、監獄に戻りました。わたしのしたことは、みんなの知るところとなりましたが、大目に見てもらい、おとがめなしとなりました。おかげで、いまはここの小学校で働いています。よかったです。

長い間。

ジャンヌ　そう、わかりました。では、この女性はアブー・タレクに強姦されたということですね。

守衛　そうです。

ジャンヌ　そして、子どもを身籠《みごも》り、監獄で出産した。

守衛　そうです。

ジャンヌ　あなたはその子をほかの子たちのようには殺さず、ある農夫に託した。そういうことですね？

守衛 はい、そういうことです……。

ジャンヌ キセルワンはどちらですか？

守衛 西へもう少し行ったところです。海沿いにある白い村です。歌う女の子どもを育てた人を捜していると、訊《き》いて回るといいでしょう。きっと知らない人はいないはずですから。わたしはファヒムといいます。いままで大勢の赤ん坊を川に捨ててきました。でも、あの赤ん坊は違う。あの泣き声に心が揺らいだんです。もし、あのときの子が見つかったら、この名前を伝えてください。ファヒムという名前を。

ジャンヌ、上着に腕を通す。

ジャンヌ なぜ、わたしたちになにも話してくれなかったの？ あなたのことが大好きになれたのに。心から誇りに思えたのに。守ってあげられたかもしれないのに。

なぜ、なにも話してくれなかったのよ！　なぜ、一度も歌を聞かせてくれなかったの、ママ。

二十七　通話

ジャンヌ、電話ボックスにいる。
シモン、ボクシングジムにいる。
ジャンヌとシモン、通話する。

ジャンヌ　シモン、ねえ、そんなのどうでもいいじゃない！　ボクシングの試合なんていいから！　ちょっと黙ってて！……シモン！　ママは投獄されていたの！　拷問を受けていたの！　レイプされていたのよ！　聞こえる？　レイプよ！　ねえ、こっちの言うこと、聞いている？　わたしたちには兄さんがいるの。ママが獄中で産んだ子よ。違うって！　もうムカつく！　シモン、こっちは世界のドンケツみたいな場所から電話しているのに。わたしたちはいま、小さな海ひとつと、大きな海ふたつを挟んで繋《つな》がっているんだからね。黙って人の話を聞きなさいよ！　いえ、あなた、わたしと話なんかしている場合じゃないわ。ルベル先生に会って、赤いノートを受け取って、中を確かめて。話はそれだけよ。

シモン　ごめんだね……そんなもの、興味ないから！　こっちはボクシングの試合のことでいっぱいなんだ！　雑音は入れたくない！　あいつの過去なんて知りたくもない。知らなくていい。興味ない！　自分の今日の調子がわかってさえいれば、それで十分だ！　それよりこっちの言うことを聞けよ！　帰ってこいよ！　とにかく、ジャンヌ、帰ってこいって……もしもし？　もしもし？……クソッ！……公衆電話か。こっちから電話するときはどこにかけたらいいんだよ！

ジャンヌ、電話を切る。

二十八　本来の名前

ジャンヌ、農夫の家にいる。農夫を写真に収める。

ジャンヌ　羊飼いの案内でここまで来ました。「あの上のピンクの家がそうだ。そこに爺《じい》さんがいる。アブデルマラクって名だが、マラクって呼べばいい。歓迎してくれるよ」と言われたんです。

マラク　おまえさんを羊飼いのところに案内したのは誰かね？

ジャンヌ　ファヒムさんです。クファール・ラヤットの小学校の守衛さんです。

マラク　ファヒムのことは誰から聞いたのかね？

ジャンヌ　クファール・ラヤット監獄のガイドさんです。

マラク　マンスールだね。そいつがガイドの名前だよ。で、どうしてまたマンスールに会うことになったのかね？

ジャンヌ　北部にある村のアブデサマドという人が、クファール・ラヤット監獄への道を教えてくれたんです。

マラク　ならば、アブデサマドにおまえさんを引きあわせたのは誰かね？

ジャンヌ　その調子では、わたしの生まれた日まで遡《さかのぼ》っていくことになりそうですね。

マラク　そうかもしれん。そして、そこに美しい愛の物語を見出《みいだ》すのかもしれんな。あそこの木が見えるかね。あれはヘーゼルナッツの木だ。わしが生まれた日に植えられた木でな、ちょうど百歳になる。時間というのは奇妙なもんさ。で、そのアブデサマドというのは？

ジャンヌ アブデサマドさんはわたしの母が生まれた村に住む人です。

マラク おまえさんのおっかさんはなんという名だね？

ジャンヌ ナワル・マルワンです。

マラク で、おまえさんの名は？

ジャンヌ ジャンヌ・マルワンです。

マラク では、ジャンヌ・マルワン、おまえさんはどうしたいのかね？ こんどはわしの番だ。誰のところに連れていけばよいのかな？

ジャンヌ　かつてファヒムさんがわたしの母からあなたへと引き渡した子どものところに。

マラク　わしは、おまえさんのおっかさんを知らんのだが。

ジャンヌ　ナワル・マルワンを知りませんか？

マラク　その名に聞き覚えはないがね。

ジャンヌ　では、歌う女は？

マラク　なぜ、歌う女のことを？　彼女を知っているのかね？　彼女が戻ってきたというのかね？

ジャンヌ　歌う女は死にました。ナワル・マルワンは歌う女です。ナワル・マルワンというのが彼女の名前です。わたしの母です。

マラク、ジャンヌを抱き締める。

マラク おまえ、ジャナーンだったのか！

ジャンヌ 違います！　わたしの名前はジャンヌです……。

ナワル（四十五歳）登場。マラク、両手に双子《ふたご》の幼子を抱え、ナワルの前に立つ。

マラク おまえさんが釈放されたという噂《うわさ》が国中を駆けめぐった。

ナワル なにかご用ですか？

マラク おまえさんに子どもたちを返そう。わしがわが子のように世話をしてきた子どもたちだ。

ナワル じゃあ、そのままあなたが育ててください！

マラク いかん！ この子たちはおまえさんの子だ。さあ、受け取るがいい。この子たちがおまえさんのためにいることに気づいておらんようだな。この子たちがいまわしの腕に抱かれているのは、数々の奇跡があったからだぞ。おまえさんがいまも生きておるのは、数々の奇跡があったからだ。三人が三人とも生存しておるのだ。三つの奇跡がこうして向かいあっている。こんなことはめったに起こるもんじゃない。わしはこの子たちに名前を付けた。男の子のほうはサルワン、女の子のほうはジャナーン。サルワンとジャナーンだ。さあ、この子たちを受け取って、わしのことは記憶の中にしまっといてくれ。

マラク、ナワルに双子を手渡す。

ジャンヌ 違う！ 違う！ それは違う！ わたしたちじゃない！ わたしの名前はジャンヌで、弟はシモンよ。

マラク ジャナーンとサルワンだ……。

ジャンヌ 違う！ 違う！ わたしたちは病院で生まれたんです。出生証明書だってありますから！ それに、わたしたちが生まれたのは夏です、冬じゃありません。川が凍っていたという話だから、クファール・ラヤット監獄で生まれた子どもは冬に生まれたんですよ。ファヒムさんがそう言っていました。バケツを川に放りこむことができなかったって！

マラク ファヒムは思い違いをしておるのだ。

ジャンヌ いいえ！ 思い違いをするわけがありません！ あの人は母のことを毎日見ていたんですから！ ファヒムさんは子どもを連れ出した。バケツを持って外に出たんです。バケツには子どもが入っていた。子どもはひとりだけで、ふたりではなかった。ふたりじゃなかったんです！

マラク ファヒムはろくに確かめもしなかったんだ。

ジャンヌ わたしの父は死んでいます。お国のために命を捧《ささ》げたんです。父は拷問人《ごうもんにん》なんかじゃありません。父は母を愛していて、母は父をとてもとても愛していたんです！

マラク おっかさんからそう聞かされたのかね？　それもしかたなかろう。子どもを寝かしつけるのに、作り話をするのは世の習いだからな。さっきのおまえとわしじゃないが、問答を繰り返していけば、物事のはじまりには簡単に行きつくもんだ。現にいま、こうしておまえ自身の誕生の秘密に迫ろうとしている。まあ、聞きなさい。ファヒムはわしにバケツを寄こすと、走り去っていった。被せてあった布をめくってみると、中には赤ん坊がふたりおった。生まれたばかりの子がふたりな。怒りでまっ赤になって、互いに摑《つか》みあい、しっかり抱きあって、この世に生を享《う》けた情熱に燃えていたよ。わしはおまえたちを連れてその場をあとにし、ジャナーン、サルワンと名付けて養った。そして、いま、母親の死をきっかけに、おまえがわしに会いにきた。おまえの目からあふれ出す涙を見て、わしのしたことは間違っていなかったと思う。歌う女のふた粒の種は、凌辱《りょうじょく》と憎悪《ぞうお》から生まれた。そのふたりなら、川に捨てられた子どもたちの失われた叫びのリフレインに終止符を打つことができるだろう。

二十九　ナワルの言葉

シモン、赤いノートを開く。

ナワル（六十歳）、裁判の証言台に立つ。

ナワル　裁判長、陪審員のみなさん。わたしは証人台に立つにあたり、両目を見開いて証言します。なぜなら、かつて幾度となく目を閉じているように強要されていたからです。わたしは、自分を拷問にかけた男の前で証言します。アブー・タレク。あなたの名を口にするのは、自分が生きている限りこれが最後です。その名を口にするのは、わたしがあなたを覚えていることをあなたに知らしめるためです。あなたに疑念を抱かせないようにするためです。大勢の死者が苦しみの底で目覚めたとしたら、やはりあなたの顔を覚えているでしょう。その残忍な笑みを忘れてはいないでしょう。大勢の悪夢のような部下があなたを恐れていました。どうすれば悪夢が悪夢を恐れることができるのか？　善良で公正なのちの世代によって、おそらくその相関関係は解明されるでしょう。わたしはあなたを覚えていますが、あなたはきっとわたしのことがわからないでしょう。死刑執行人という職業柄、あなたには姓名、日付、場所、出来事をすべて正確に記憶することが求められます。ですから、わたしのことを思い出せないはずはないのですが、それでも、あなたはわたしのことがわからないでしょう。あなたにわたしを思い出させてあげましょう。あなたにとっては見る価値もないこの顔を思い出させてあげましょう。あなたがはっきりと鮮明に覚えているのはわたしの肌、わたしの匂《にお》いです。そして、最も恥ずかしい部分までも。あなたにとって、わたしの秘めたる部分は、じわじわと侵食すべき領域にすぎなかった。わたしを通して、おびただしい数の亡霊があなたに語りかけています。思い出しなさい。あなたにとって、わたしの名前はなんの意味もなさないでしょう。どんな女性も、あなたにとっては売女《ばいた》ですから。あなたは「売女の45番」「売女の63番」と呼んでいた。その言葉が、あなたが不遜《ふそん》で、下品で、女性をモノのように扱い、職務に熱心で、権威を振りかざす人間であることを示していました。女性ひとりひとりの中に、憎しみと恐怖が生まれていきました。わたしの名前はなんの意味もなさず、また、売女の何番と名乗ったところで、あなたはピンとこないでしょう。しかし、徹底的に冷血非情を貫いてきたにもかかわらず、あなたが忘れ得なかったある事柄があります。それによって、あなたの記憶は堰《せき》を切ったように流れ出してくるはずです。歌う女。いまも覚えていますね？　あなたが怒りにまかせて、わたしを逆《さか》さ吊《づ》りにし、水を浴びせかけて電気ショックを与え、爪《つめ》のあいだに釘《くぎ》を刺し、ロシアンルーレットをしたという事実。知らないとは言わせません。ロシアンルーレットに続き、死と隣りあわせの拷問。それから、わたしの体に放尿し、口に、股《また》ぐらに小便を注ぎこむ。そして、ペニスをねじこんだ。一度、二度、三度。幾度となく、時間が破壊されました。あなたによってわたしは妊娠させられました。あなたの忌《い》まわしい拷問はわたしの胎内に及んでいたのです。あなたはわたしをひとりきりにしました。ひとりで子どもを産ませるために。産み落とした子どもはふたり、双子です。あなたのせいで、わたしはもはや子どもたちを愛することができませんでした。自分の体を叩《たた》きながら、悲しみと沈黙の中で子どもたちを育てざるを得なかったのです。子どもたちには、あなたについてどう説明するのか？　父親についてどう説明するのか？　ほんとうのことについてどう説明するのか？　それまで真実は決して熟すことのない青い果実でしかなかったのに。口に出した真実は苦い、苦いものです。時は流れ、どんな裁きが下されるかは見当もつきませんが、あなたはそこから逃れられないでしょう。あなたとわたしから生まれたあの子どもたちはちゃんと生きています。美しくて、賢くて、傷つきやすくて、勝利も敗北も味わっていて、すでに自分たちの人生に、自分たちの存在に意味を与えようとしています。あなたに請けあいましょう。いつかあの子たちがあなたの独房に来て、あなたの前に立つことを。わたしがあの子たちと一緒にいても孤独であったように、あなたはあの子たちと一緒にいても孤独を感じることでしょう。わたしとまったく同じように、あなたはもはや存在しているという感覚がすっかりわからなくなるでしょう。岩のほうがよほど存在の感覚を知っているかもしれません。あなたに話しているのはわたしの経験談です。これもあなたに請けあいます。あなたの前にあの子たちが立ったとき、ふたりともあなたが誰であるかを知るでしょう。わたしたちはどちらも、同じ国に生まれ、同じ言語を話し、同じ歴史を背負っています。どこの国も、どの言語も、どの歴史にも、人民に対する責任があります。人民は謀反人《むほんにん》や英雄に対する責任があります。処刑者と犠牲者は勝利と敗北に対する責任があります。そういう意味では、わたしはあなたに責任があり、あなたはわたしに責任があります。わたしたちは戦争も暴力も好まなかった。それでも、戦争をし、暴力を働いた。いまわたしたちに残されていることは、できるかぎり自分の尊厳を保つことです。わたしたちはすべてにおいて失敗しましたが、おそらくこの尊厳についてはまだ守ることができるでしょう。わたしがこうしてあなたに話をしていることは、かつてある女性と交わした約束が守られていることを証明しています。その女性は、わたしに貧困から抜け出すことの大切さを教え、「読む、話す、書く、計算することを学びなさい。考える力を身につけなさい」と言いました。

シモン　（赤いノートを読みながら）わたしの証言は、そうした努力の成果なのです。あなたのことについて口を閉ざせば、わたしはあなたの数々の犯罪に加担することになるでしょう。

シモン、ノートを閉じる。

三十　赤いオオカミ

シモンとエルミル・ルベル。

エルミル・ルベル　きみはどうするつもりですか？

シモン　なにもする気はない。いきなり兄貴がいると言われたって。いったいなんのために？

エルミル・ルベル　知るためでは……。

シモン　知りたくもない。

エルミル・ルベル では、ジャンヌさんのために。知らないままでは、お姉さんは生きていけないかもしれない。

シモン 兄貴を探して見つけだすなんて不可能だって！

エルミル・ルベル そんなことはありません、きみならできる！ きみはボクサーじゃないですか！

シモン プロじゃないし。アマチュアだし。プロの試合に一度も出たことないし！

エルミル・ルベル わたしがお手伝いをしますから！ ふたりでパスポートの申請にいきましょう。わたしも一緒に渡航します。きみをひとりで行かせはしません。お兄さんには会えます！ そんな気がします。行動することが、きっときみの助けになって、きみはこの先も生きていけるはず、戦って、勝って、プロになれるはず。そう思います！ これも天のお導きでしょう。少しは信用してください。

シモン　兄に渡すことになっている封筒はまだありますか？

エルミル・ルベル　もちろんです！　遠慮なくわたしを頼ってください、ええ、頼ってもらってかまいませんから！　行動を起こせばトンネルの先に光が見えてきますから！

エルミル退場。ナワル（六十五歳）、シモンとともにいる。

ナワル　シモン、なぜ泣いているの？

シモン　オオカミがやってくるみたいだ。赤いオオカミだ。口の中を血だらけにして。

ナワル　さあ、いらっしゃい。

シモン　母さん、どこへ連れていくの？

ナワル　沈黙を破るには、あなたのパンチが必要よ。サルワンというのがあなたのほんとうの名前。ジャナーンというのが姉さんのほんとうの名前。ナワルはあなたの母さんのほんとうの名前。アブー・タレクは父さんの名前。こんどはあなたの兄さんの名前を見つけなさい。

シモン　俺の兄さん！

ナワル　血を分けた兄弟よ。

シモン、ひとりになる。

INCENDIE DE SARWANE

サルワンの業火《ごうか》

三十一　プレイする男

建物の上層階に若い男がひとり。ニハドである。
耳には一九八〇年モデルのウォークマン。
スナイパーライフルをギターに見立て、スーパートランプの〈ロジカル・ソング〉（邦題：とても論理的な歌）を情熱的に演奏する。

ニハド　（ギターを見せつけるようにしながら、前奏部分を大声で歌う）ジャン、ジャジャジャン、タカタン、ジャン、ジャジャジャン、タカタン、ジャン、ジャジャジャン、タカタン、ジャン、ジャジャジャン、タカタン……

歌のパートが始まると、ライフルはギターからマイクに早変わりする。かなりいい加減な英語。

ニハド、二番の歌詞を歌う。

突如、遠くのなにかに注意を向ける。

歌いながら、ライフルのストックを肩に当てて、すみやかに狙《ねら》いを定める。

発砲して、すばやく次の弾を装塡《そうてん》する。

移動して、再び撃つ。また撃って、次弾装塡。その場を動かずに撃つ。

ニハド、すばやくカメラを手にして、撃った方向にレンズを向け、ピントを合わせ、撮影する。

歌を再開する。

いきなり、歌うのをやめる。床に伏せ、ライフルを引き寄せ、すぐ近くの対象に狙いを定める。

ぱっと立ちあがって発砲し、撃った方向へ走る。置きざりにしたウォークマンから音楽が流れている。

ニハド、その場に佇《たたず》む。それから、傷を負った男の髪を摑《つか》んで、もといた場所に引っ張ってくる。

ニハド、男を床に放りだす。

男　やめてくれ！　やめてくれ！　死にたくない！

ニハド　「死にたくない！」「死にたくない！」俺の知る限り、この世で一番マヌケなセリフだ！

男　お願いだ、見逃してくれ！　わたしはこの国の人間ではない。わたしはカメラマンだ。

ニハド　カメラマン？

男　そう……戦場……戦場カメラマンだ。

ニハド　おまえは俺の写真を撮ったのか……？

男　……ああ……スナイパーの写真を撮りたかったんだ……あんたが狙撃《そげき》するところを見て……ここまで上がってきた……だが、フィルムを差し出してもいい……。

ニハド　俺もカメラマンだ。名前はニハド。戦場カメラマンだ。見ろ。全部、俺が撮った写真だ。

ニハド、男に写真を次々と見せる。

男　素晴らしい……。

ニハド　いや、素晴らしくないね。たいていの人が見れば、被写体は眠っていると思うだろう。だが、違う。こいつらは死んでいる。俺が殺したんだ！　嘘《うそ》じゃないぜ。

男　わたしが思うに、あんたは……。

ニハド、男のバッグの中を漁《あさ》り、ソフトシャッターレリーズ付きの自動巻き上げカメラを取り出す。ファインダーを覗《のぞ》きこみ、フラッシュを使って男を何度も撮影する。さらにバッグから粘着テープを出し、ライフルの銃身の先にテープでカメラを取りつける。

なにをしている……。

カメラがしっかりと固定される。

ニハド、レリーズボタンとライフルの引き金を結びつける。

それから、ライフルスコープを覗いて、男に狙いを定める。

なにをする！　殺さないでくれ！　わたしがあんたの親父《おやじ》さんだとしたらどうなんだ？　おふくろさんとはきっと同年代だ……。

ニハド、引き金を引く。同時にカメラのシャッターが切られる。弾が男に命中した瞬間、背景に男の写真が映し出される。ニハド、死んだ男に話しかける。

ニハド　やあ、カーク、〈スター・テレビ・ショー〉に出演できて、ミーはベリー・ハッピーさ……。

――ありがとう、ニハド。ところで、ニハド、こんどの新曲はどんな感じ?

――新曲はラブソングさ。

――ラブソングか!

――そう、ラブソングだ、カーク。

――これまでのレパートリーにはなかったよね、ニハド。

――ていうか、戦争中に書いた曲なんだ。ミーのカントリーで起きた戦争さ。イエス、ある日、ミーの愛する女が死んだんだ。イエス。スナイパーに殺《や》られてね。ミーのハートん中で、なにかがクラッシュした。ハートブレイクだよ。イエス。ミーは泣き叫んだ。それでこの曲を書いたんだ。

――ユーのラブソングを聞かせてもらえたらうれしいな、ニハド。

――ノープロブレムさ、カーク。


ニハド、その場に立ち、ライフルをマイクの代わりにする。耳にイヤホンをはめ、ウォークマンの再生ボタンを押す。ドラムをたたくジェスチャー。

ワン、ツー、ワン、ツー、スリー、フォー!

タタタタタ……と、ポリスの〈ロクサーヌ〉を32ビートで刻む。それから、いい加減な歌詞で歌いだす。

三十二　砂漠

砂漠の真っただ中にいるエルミル・ルベルとシモン。

シモン　ここまで来ても、なにもないじゃないか！

エルミル・ルベル　あの民兵がこっちのほうだと言っていましたからね。

シモン　わざとでたらめを言って追い払った可能性だってあるじゃないか。

エルミル・ルベル　なぜ、あの人がわれわれにでたらめを言う必要があります？

シモン　逆になぜ、でたらめじゃないと言い切れるのさ？

エルミル・ルベル　あの人はとても礼儀正しかった。シャムセディンという南部地域の抵抗勢力の指導者に会いにいくといいと教えてくれた。こっちのほうに行けばいいと示してくれた。だから、行くんです。

シモン　先生は、人から死ねと言われたら、死ぬのかよ……。

エルミル・ルベル　なぜ、人から死ねと言われなければならないのかわかりませんが？

シモン　まあいいや。じゃあ、どうしようか？

エルミル・ルベル　きみはどうしたいですか？

シモン　兄貴に渡すことになっている封筒を開けてしまおうぜ！　かくれんぼごっこは終わりにする！

エルミル・ルベル　問題外です！

シモン　なんで止めるんだよ？

エルミル・ルベル　一度しか言わないから、よく聞きなさいよ、お坊ちゃん。これからマチュザレムに着くまで、口酸《くちず》っぱく注意するのはごめんなのでね。いいですか、その封筒はきみのものではない！　きみのお兄さんに宛《あ》てたものです。

シモン　言われなくてもわかってるって！

エルミル・ルベル　ちゃんとこっちを見なさい！　その手紙を勝手に開封するということはね、婦女暴行に等しい行為だ！

シモン　ふん、上等じゃないか。血筋だよ。俺の親父は婦女暴行者だもんな！

エルミル・ルベル　わたしの言葉が過ぎたようです。

シモン　オーケー。ここは礼儀正しくいこう。封筒は開けないよ、こんなろくでもない封筒なんか。だけどさ、行ったところで会えっこないよ！

エルミル・ルベル　シャムセディンに？

シモン　そうじゃなくて、兄貴にさ。

エルミル・ルベル　どうして？

シモン　だって、もうこの世にはいないからね。あのさ、孤児院で話を聞いたじゃないか。当時、孤児院の子どもたちを難民キャンプで自爆させるために、民兵が連れ去ったって話。てことは、兄貴はもう死んでいる。キャンプで会った人からは、一九七八年に大量虐殺《ぎゃくさつ》があったことを聞いた。だから、なおのこと兄貴は死んでいるはずだ。同じ孤児院出身の民兵にも会えたけど、たいして覚えていないと言っていた。ただ、ひとりの少年のことは覚えていた。彼と同じような身の上で、父親も母親もいなくて、ある日を境に部隊からいなくなってしまったけど、その少年にしても、死んでいるはずだという話だった。たぶん、その少年は自爆テロで死んだか、首を切られて死んだか、行方不明のまま死んだ。そうやって命を落とした人間は数限りない。だから、シェイク・シャムセディンだって、人から忘れ去られているかもしれないと思うんだ。

エルミル・ルベル　もちろんね、もちろん、そうかもしれない。しかし、さっきの民兵は言っていた。はっきりとしたことが知りたければ、シャムセディンに会いにいけ、とね。シャムセディンは、南部を侵略した軍隊と戦っていたレジスタンスの精神的な指導者だということでした。だから、いろいろな人たちとのパイプがあるに違いない。それも高い地位の人たちと。政治家たちとかね。取引のやりかたも心得ているでしょう。すべてのことに通じているでしょう。だから、会いにいかないという手はない。お兄さんは生きているかもしれない。まだ生死の確認はできていないんです。お兄さんの名前はわかったのですから、それだけでも有力な手がかりです。お兄さんの名前はニハド・ハルマニです！

シモン　ニハド・ハルマニ。

エルミル・ルベル　そう、ハルマニです。電話帳を調べると、ハルマニという名字は、トランブレと同じくらいある。でもね、お兄さんは見つかったようなもんです。シャムセディンが教えてくれますよ。

シモン　シャムセディンにはどこで会えるのかな?

エルミル・ルベル　さあ……あっちのほうでしょう。

シモン　砂漠が続いているだけじゃないか!

エルミル・ルベル　なるほど!　きみが言っていたとおりだ!　これはまさにかくれんぼごっこですよ!　レジスタンスの人間は身を隠す必要がある。街のビデオショップで会員登録などしない。住所と名前を言って、ハワイアンピザを届けてもらうともない。そう、シャムセディンはどこかに潜伏している！　きっとわたしたちを監視していて、このまま歩かせている。そうして、いずれはむこうのほうから接触してきて、自分の土地でなにをしているのか尋ねるんだ！

シモン　先生、映画の見過ぎじゃないの？

エルミル・ルベル　いや、真剣に話していますよ、シモン！　サルワン！　さあ、行きましょう！　会いにいけば、お兄さんはたぶん見つかります！　人生、どう転ぶかわかりませんからね！　ひょっとして、お兄さんはわたしのような公証人かもしれない！　公正証書について、あーだこーだ言っていたりして……。あるいは、八百屋なのかもしれないし、レストランを経営しているかもしれない。チン・シャオ・フォンもそうでした。彼はかつてベトナム軍の司令官だったが、最後はキュレ＝ラベル通りの〈ベトコン・バーガーズ〉のマスターとして亡《な》くなった。それで、奥さんのフイ・フワ・シャオ・フォンはレアル・ブシャールと再婚したんです！　つまり、人生はどう転ぶかわからないんですよ！　もしかしたら、お兄さんは、サン・ディエゴの裕福なアメリカ人女性と結婚して、八人の子どもに恵まれ、きみは、八人の甥《おい》っ子から「叔父ちゃん」と呼ばれるのかもしれない。それはまだわかりません。だから、このまま歩いていきましょう！

ふたり、歩きつづける。

三十三　スナイパーの信条

ニハド、銃身の先にカメラを装着したライフルの引き金を引く。

舞台に一枚目の写真——走る男の画像が映し出される。

ニハド、移動して再び引き金を引く。

同じ男が死に瀕《ひん》した写真が映し出される。

ニハド　ね、カーク、スナイパーのジョブってファンタスティックだろ？——そのとおりだね、ニハド。もっと話を聞かせてくれないか？——ヤー！　スナイパーってさ、アートなジョブなんだ。ビコーズ、優秀なスナイパーは適当に撃たない。適当はノー、ノーだぜ！　ミーにはいくつか信条があるんだ、カーク。

その一。狙撃するときは、ターゲットを即座に殺さなければならない。苦しまないようにすること。

——なるほど！

——その二。ターゲットは全員撃つこと！　全員に対して公平であること！　バット、ミーにとってはね、カーク、「マイ・ガン・イズ・ライク・マイ・ライフ」なのさ。

ほら、カーク、ミーが銃に込める弾のひとつひとつが、ポエムなんだよ。だから、ミーはみんなにポエムを放っているわけ。ミーのポエムが正確だから、人を殺せるわけ。ミーの写真がファンタスティックなのは、そのせいさ。

——じゃあ、テル・ミー、ニハド。ユーは誰でも撃つのかい？

——ノー、カーク、誰でも、というわけじゃない……。

——ユーは、さすがに子どもは殺さないだろう。

——イエス、イエス、子どもは殺すよ。ノープロブレムだ。ハトを撃つのと同じさ。

——じゃあ、殺さないとしたら？

——そーねー、エリザベス・テイラーみたいな女は狙わない。エリザベス・テイラーはマブいアクトレスだからね。ミーは大好きなんだ。殺したくない。だから、彼女みたいな女を見たら、撃たない……。

――ユーは、エリザベス・テイラーは撃たない。
――そのとおりだ、カーク！
――サンキュー、ニハド。
――ウェルカム、カーク。

ニハド、立ちあがり、ライフルのストックを肩に当て、再び引き金を引く。

三十四　シャムセディン

シャムセディンの前に立つシモンとエルミル・ルベル。ナワル（四十五歳）。

エルミル・ルベル　探しに探しました。右へ左へと！　あちこちで、ムッシュー・シャムセディンの所在を尋ねても、みながみな、知らぬ存ぜぬの一点張り。エ、、、、ベレストばりに有名な存在でありながら、そうやすやすとは見つからない。砂漠の中で針を探すようなものでした。

シャムセディン　おまえがサルワンだな？

シモン　そうです。

シャムセディン　おまえの姉がこの地域に入ったと知ったとき、わたしは言ったのだ。「もし、ジャナーンがわたしに会いにこなければ、サルワンが来るだろう」と。歌う女の息子がわたしを捜していると知り、わたしは彼女が死んだことを悟った。

ナワル　再びわたしに関する噂《うわさ》があなたの耳に入ったら、そのときには、わたしはもうこの世にいないでしょう。

シモン　俺が生まれる前に歌う女が産んだ息子を探しています。

シャムセディン　彼女がこの国を離れる前、わたしは尋ねたのだ。「あんたの息子はどうなった？」とね。

ナワル　あの子は生きていて、どこかにいる。ワハブは生きていて、どこかにいる。わたしは生きていて、どこかにいる。

シモン　あなたが手を貸してくれると人から言われました。
シャムセディン　無理だ。
シモン　あなたならどんなことでも知っていると聞いています。
シャムセディン　彼女の息子のことは知らないのだ。
シモン　名前はニハド・ハルマニです。
シャムセディン　どうしてニハド・ハルマニの名を？
シモン　ある民兵が子どものころのニハドのことを知っていました。ふたりは一緒に同じ民兵組織に入り、そのあと、ニハドは行方をくらましました。民兵は「シャムセディンに拉致《らち》されて殺されたに違いない」と話していました。あなたが、部下が捕らえた民兵や外国軍の兵士らの生皮を剝《は》いだという話も聞いています。

シャムセディン　その民兵が、ニハド・ハルマニが歌う女の息子で、ワハブとのあいだに生まれた子どもだと言っていたのか？　ワハブの顔を知る者はいないのに。
シモン　いえ、民兵はなにも知りません。歌う女の話は聞いたこともないそうです。彼はただ、ニハド・ハルマニはあなたに連れ去られたと話しただけです。
シャムセディン　では、どうして、ニハドが歌う女の息子だと言えるのか？
エルミル・ルベル　ちょっとよろしいでしょうか。わたしのほうからお話ししても？　公証人のエルミル・ルベルと申します。このとおり、歌う女の遺言執行人です。シャムセディンさん、事の経緯について説明させてください。それで辻褄《つじつま》が合うことと思います。
シャムセディン　続けなさい！

エルミル・ルベル　込み入った話になりますが。わたしたちはまず、ナワルさんの生まれた村に行きました。そこで得た情報から、次にクファール・ラヤットの孤児院に向かいました。孤児院にいた子どもたちの入所日を調べると、何人か該当する少年がいることがわかったので、その行方を追いました。一人目はトニ・ムバラク。この人ではありませんでした。戦後、両親と再会しているのです。ひどく不愉快で不愛想な人物でした。次はトゥフィク・ハラビ。この人も違いました。北部の古代ローマの遺跡のそばの屋台でうまいシシタオク（タレに漬けこんだ鶏肉を串焼きにしたもの）を焼いていました。彼はこの国の生まれではなく、両親は亡くなっています。姉によってクファール・ラヤット孤児院に入れられたとのことでした。三人目、四人目も別の人物でした。そして、最後に残ったひとりが、本人である可能性が高いという結論に至ったのです。手がかりを追っていくと、ハルマニという一家にたどり着きました。いまでは一家全員が死亡しています。食料品店の店主から一家が養子にした子どもの話を聞きました。子どもの名前もわかりました。わたしは現地の同業者をあたり、ハラビという公証人に会いにいきました。彼はとても友好的な人物で、ハルマニ家の公正証書などの作成に携わっていたそうです。彼の正確な記録によると、子どものできなかったハルマニ夫妻はクファール・ラヤット孤児院から男の子を養子に迎え、ニハドと名付けました。その少年の年齢と孤児院の入所日は、ナワルさんの村で得た情報と一致しています。なによりも、その少年はほかの候補者とは違い、ナワルさんの村で産婆《さんば》をしていたエルハーム・アブダラーという女性によって孤児院に連れてこられた子どもだったのです。そういったわけで、おわかりでしょうが、シャムセディンさん、わたしたちはこの調査結果にかなり自信を持っています。

シャムセディン 歌う女がおたくを選んだのは、おたくが高潔で信頼できる人物だからだろう。だが、ちょっと外してもらえないか。彼とふたりだけで話したい。

エルミル・ルベル退場。

シャムセディン サルワン、おまえはここに残って、わたしの話を聞け。しっかりと聞くのだ。

三十五　古《いにしえ》からの声

エルミル・ルベルとジャンヌ。

エルミル・ルベル　弟さんはずっと黙ったままです。シャムセディンとふたりだけで話をして、部屋から出てきたとき、弟さんはお母さんと同じ目つきになっていました。その日は一日、なにも言ってくれませんでした。次の日も、その次の日も。ホテルの部屋にこもったきりなんです。あなたがクファール・ラヤットに行ったことはわかっていました。あなたのことも、そっとしておいてあげたいとは思ったのですが、なにせシモンくんが口を利《き》いてくれなくて……ジャンヌさん、わたしは心配しているのです。真実を知ろうとして、もしや出過ぎたことをしてしまったのではないかと。

向かいあって座るジャンヌとシモン。

シモン　ジャンヌ。ジャンヌ。

ジャンヌ　シモン！

シモン　前に、1＋1＝2だって言っていたよね。ほんとうにそう？

ジャンヌ　ええ……そうだけど……。

シモン　嘘じゃない？

ジャンヌ　嘘じゃないって！　1＋1＝2よ！

シモン　絶対に1にはならないの？

ジャンヌ なにかを知ったのね、シモン。
シモン 1+1=1になることってある?
ジャンヌ あるけど。
シモン どうすれば1になるのさ?
ジャンヌ シモン。
シモン 説明してよ!
ジャンヌ なによ、それ。数学の話をしているような場合じゃないでしょ。ねえ、なにがわかったのか教えなさいよ!
シモン どうすれば、1+1=1になるか、説明してくれ。姉貴はいつも言っていたじゃないか、俺がなんにもわかっていないって。だから、教えてくれよ。いまがそのときなんだよ！　説明しろよ！

ジャンヌ　わかったわよ！　数学に特殊な予想問題があるの。いまだに証明されていない予想問題よ。なんでもいいわ、任意の整数を挙げてごらんなさい。それが偶数なら、２で割る。奇数なら、３を掛けて１を足す。そうやって得られた数に対して、同じ操作を繰り返していくの。どんな整数から始めようと、最終的には必ず１になるという予想なのよ。じゃあ、なにか数字を言ってみて。

シモン　７。

ジャンヌ　オーケー。７は奇数ね。３倍して１を足すと……。

シモン　22。

ジャンヌ　22は偶数だから、２で割って。

シモン　11。

ジャンヌ　11は奇数だから、3倍して1を足す。

シモン　34。

ジャンヌ　34は偶数。2で割れば、17。17は奇数だから、3を掛けて1を足すと、52。52は偶数だから、2で割ると、26。26は偶数だから、2で割ると、13。13は奇数。3倍して1を足すと、40になる。40は偶数だから、2で割って、20。20は偶数だから、2で割って、10。10は偶数だから、2で割って、5。5は奇数だから3倍して1を足すと、16。16は偶数だから、2で割って、8。8は偶数だから、2で割って、4。4は偶数だから、2で割って、2。2は偶数だから、2で割ると、1。どんな数から始めても、最後にたどり着くのは……嘘でしょ！

シモン　黙りこんでしまったね。それを知ったとき、俺もそうだった。俺はシャムセディンのテントにいて、沈黙がすべてを呑《の》みこむのがわかった。ルベル先生がテントの外に出ると、シャムセディンが俺のそばに寄ってきた。

シャムセディン サルワンよ、おまえがこうしてわたしにたどり着いたのは、偶然ではないのだ。この地にはおまえの母の精神と、サウダの精神が宿っている。ふたりの女の友情が、天空のひとつ星のように光を放っているのだ。かつて、ひとりの男がわたしのもとにやってきた。まだ若くて、誇り高い男だ。想像してみよ。男の姿が見えるか？ おまえの兄。ニハドだ。彼は、自分の生きる意味を模索していた。ならば、わたしのために戦うがよい。そう言葉をかけると、彼は承諾し、武器の使いかたを覚えた。彼には類《たぐい》まれなる才能があった。恐るべき射撃の天才。そんな彼が、ある日、いとまを告げてきた。「どこへ行くのか」と、わたしは尋ねた。

ニハド 北へ行く！

シャムセディン 理由は？ この地で暮らす人々が原因か？ 難民のせいか？ 生きる意味は見出《みいだ》せたのか？

ニハド　理由もなければ意味もない！

シャムセディン　彼は旅立った。わたしは金を少し用立ててやり、部下に彼のことを見張らせた。そして、ついに、彼が母親を見つけようとしていることがわかった。ところが、何年も捜しつづけているのに、いっこうに母親は見つからない。あげくに彼は、理由もなく笑うようになった。もはや理由もなく、意味もなく、彼はスナイパーとなった。彼には撮り溜《た》めていた写真があった。ニハド・ハルマニ。芸術家として、実際に評判も取っていた。彼は歌も歌うらしかった。アーティストにして、殺し屋。やがて、異国の軍隊が国境を越え、北部地域まで侵攻してきた。ある朝、ニハドは軍に捕らえられた。軍の狙撃兵を七名撃ち殺していたからだ。撃ち殺す際、ニハドは相手の目を狙った。弾丸は相手のライフルスコープに命中した。ニハドは殺されなかった。異国軍に拘束され、訓練を受け、仕事を与えられた。

シモン　どんな仕事だったんですか？

シャムセディン 獄中の仕事だ。軍はちょうど南部地域のクファール・ラヤットに監獄を建てたところで、尋問担当者を探していたのだ。

シモン つまり、彼は俺の父親のアブー・タレクと一緒に働いていたということですか?

シャムセディン いや。おまえの兄がおまえの父と一緒に働いていたということではない。おまえの兄が、おまえの父なのだ。彼は名前を変えていた。ニハドを捨て去り、彼はアブー・タレクと名乗った。彼は母を捜していて、母に会えた。しかし、それが自分の母だとは知らなかった。母のほうも息子を捜し、息子に会えたが、それがわが子だとは知らなかった。彼は母の命を奪わなかった。それは、彼女が歌を歌っていたからで、その歌声が好きだったからだ。衝撃のあまり、声も出ないかね、サルワン。言うまでもなく、彼はおまえの母を拷問《ごうもん》にかけた。そうだ、おまえの母は自分の息子から拷問を受けた。息子は母を凌辱《りょうじょく》した。息子は自分の弟、妹の父親なのだ。サルワン、わたしの声が聞こえているか? 千年の時を超えて届いた声のように聞こえるか? さにあらず。サルワンよ、わたしが声を発したのは、いまなのだ。そして、わが内なる星たちは、しばし沈黙した。先ほどおまえがニハド・ハルマニの名を口にしたときに口を閉ざしたのだ。そして、こんどはおまえの内なる星たちが口を閉ざしているのがわかる。サルワンよ、おまえの中の沈黙は、星たちの沈黙であり、おまえの母の沈黙なのだ。

ニハド　この数年に及ぶ裁判で語られた内容をすべて認めます。異論ありません。わたしから拷問を受けたと証言した人たちについては、そのとおり、わたしは彼らを拷問しました。わたしは殺人のかどで起訴されていますが、そのとおり、わたしは何人も殺しました。それを認めたうえで、わたしは、わたしに殺された人たちに感謝したいと思います。なぜなら、ひじょうに美しい写真が撮れたからです。わたしは大勢の人に平手打ちを食わせ、女性を強姦《ごうかん》しましたが、彼らはいつも、される前よりされたあとのほうが、いい表情をしていたものです。心にぐっと迫るような表情でした。しかし、わたしが言いたいのは、もっと肝心なことです。あなたがたがおこなってきたこの裁判は、死ぬほど退屈で、くそおもしろくない。この場には音楽が欠けています。ですから、わたしが歌を歌いましょう。歌を歌うのは、自分の尊厳を守る必要があるからです。尊厳を守るという言葉は、そもそもわたしが言い出したことではありません。ある女性が言ったことです。彼女は、歌う女と呼ばれていました。昨日、彼女はわたしの正面に来て、尊厳について語りました。自分に残された尊厳を守ること。わたしはよくよく考えてみました。そして、彼女はあながち間違ってはいないと思いました。この法廷のなんとつまらないことか！　リズムがない。ショーの意味がひとつも見出せない。ショー、それがわたしの、わたしにとっての尊厳です。生まれたときからずっと。わたしはそれを持って生まれてきました。それは、生まれたばかりのわたしが入れられたバケツの底から見つかったそうです。わたしの成長をそばで見守っていた人たちから、いつも聞かされたものです。それがわたしのルーツ、いわばわたしの尊厳のしるしなのだと。話によれば、それは母がわたしに持たせてくれたものでした。ちっぽけな赤い鼻。道化師の鼻です。それがなにを意味するかというと……つまり、わたしの尊厳は、わたしに命を授けた女性が残してくれた道化師のおどけた顔なのです。わたしはこの道化師の顔を片時も手放さなかった。ですから、この道化師の顔のまま、このステージでわたしに自作の歌を歌わせてください。このおっそろしく退屈な法廷から、自分の尊厳を守るために。

ニハド、道化師の鼻をつけて、歌う。

ナワル（十五歳）、ニハドを出産する。

ナワル（四十三歳）、ジャンヌとシモンを出産する。

ナワル（六十歳）、アブー・タレクが息子であることを知る。

ジャンヌ、シモン、ニハドの三人が同じ部屋の中にいる。

三十六　父への手紙

ジャンヌ、ニハドに封筒を渡す。ニハド、開封する。
ナワル（六十五歳）、読みあげる。

ナワル　いま、震えながらこの手紙をしたためています。
わたしの言葉が拷問人のあなたの心の奥に届けばよいのですが。
わたしは鉛筆に力を込め、一文字一文字、書きつけています。
あなたがその手で死に追いやった人々の名を記憶に刻みつけながら。
手紙を読んでも、あなたは驚かないでしょう。
この手紙は、以下のことを伝えるためだけに書いています。
あなたの目の前にいるのが、あなたの娘と息子です。
わたしたちのあいだに生まれた子どもたちが、あなたの前に立っています。

あなたはふたりになんと声をかけるでしょう？　歌を歌ってあげるでしょうか？
ふたりは、あなたが誰であるか知っています。
ジャナーンとサルワン。
ふたりとも、拷問人の娘と息子です。憎しみから生まれた子どもたちです。
ふたりのことを見てください。
手紙はあなたの娘からあなたに手渡されました。
手紙を通して、わたしはあなたに言いたい。あなたはまだ生きています。
まもなく、あなたは口を閉ざすでしょう。
わたしはそれを知っています。
真実を前にしたとき、誰もが沈黙します。
クファール・ラヤット監獄
7号独房
売女《ばいた》の72番
歌う女より。

ニハド、手紙を読み終え、ジャンヌとシモンを見つめると、手紙を破り捨てる。

三十七　息子への手紙

シモン、ニハドに封筒を渡す。ニハド、開封する。

ナワル　あなたのことを捜しまわったわ。
どこもかしこも、ところかまわず。
雨の降るなか、
太陽の照りつけるなか、
森の奥を
谷の底を
山のてっぺんを
暗澹《あんたん》とした町の中を
不穏な空気が漂う通りを。

あなたを捜しにいったわ、南へ
北へ
東へ
西へ。

命を落とした友人たちを埋葬する穴を掘るいっぽうで、あなたのことを捜していた。

空を眺めてはあなたを捜した。

鳥の大群の中にあなたがいないか捜した。

なぜって、あなたは鳥だったから。

鳥よりも美しいものがあるかしら?

太陽の光で満ち満ちている鳥よりも美しいものが?

鳥よりも孤独なものがあるかしら?

ひとりぼっちで数奇な運命を背負い、嵐《あらし》のなか、日が果てるまで飛びつづける鳥よりも孤独な存在が?

そのときのあなたは恐怖そのものだった。

そのとき、あなたは幸福そのものになった。

恐怖と幸福。

わたしが沈黙を続け、ずっとこの胸に納めてきたこと。
あなたは信じるかしら？
いまこそ言わせてもらうわね。
あのとき、あなたは立ちあがって
道化師の鼻を取り出した。
そして、わたしの記憶がどっとあふれだしたの。
震えないで。
怯《おび》えないで。

これは、わたしの記憶の底から呼び起こされた、古い言葉。
あなたに何度もささやきかけた言葉よ。
独房の中で、
わたしはあなたに、あなたのお父さんの話をしていたわ。
お父さんがどんな顔をしているのか、話していたの。
あなたが生まれた日に、あなたと約束したことを話したわ。
なにがあっても、ずっとあなたを愛している、

なにがあっても、ずっとあなたを愛している、と。
あなたとわたしが、同時に約束を破っていたことも知らずに。
なぜなら、わたしはあなたを心の底から憎んだから。
でも、愛があるところに、憎しみはあり得ない。
愛を守るために、わたしは徹底的に沈黙を貫くことを選びました。
母オオカミはいつだって、仔《こ》オオカミたちを守るものよ。
あなたの前にいるのは、ジャンヌとシモン。
あなたの妹と弟です。
あなたは愛から生まれた子どもなのだから、
このふたりも愛から生まれた妹と弟よ。
ねえ、聞いて。
わたしはこの手紙を、夕暮れ時のひんやりとした風を感じながら書いているの。
この手紙で、あなたは歌う女があなたの母であったことを知るでしょう。
きっとあなたも口を閉ざすことでしょう。
そうして耐えるのです。
わたしは息子に話しています。拷問人に話しているのではありません。

耐えなさい。
沈黙のむこう側に
一緒にいられることの幸せがあるわ。
一緒にいられることほど美しいものはないの。
それがあなたのお父さんの最後の言葉だったから。
あなたの母より。

ニハド、手紙を読み終えて、椅子から立ちあがる。
ジャンヌとシモン、立ちあがって、ニハドと向かいあう。
ジャンヌ、自分の手帳のページを全部破り取る。

三十八　双子《ふたご》への手紙

エルミル・ルベル、双子に宛てた封筒を取り出す。

エルミル・ルベル　曇ってきたな。これはひと雨来そうだ。たぶんね、たぶん、きっと。まだ帰らないのでしょう? ええ、きみたちの気持ちはわかります。わたしが同じ立場なら、帰りませんから。このあたりはきれいな公園です。お母さんは、きみたちに宛てた手紙を用意していました。遺言でお母さんが頼んだことをきみたちが果たしたら、その手紙をきみたちに渡すことになっています。きみたちはお母さんが頼んだことを立派に果たしました。どうやら雨になりそうですね。お母さんの国では雨はほとんど降りません。しばらくここにいましょうか。雨が降れば涼しくなるでしょう。こちらがその手紙です。

シモン、開封する。

ナワル　シモン、

泣いているの？
泣いているなら、涙は拭《ぬぐ》わなくていい。
わたしも涙を拭わないから。
子ども時代は胸に刺さったナイフ。
あなたはそれを引き抜くことができた。
いまは、沈黙について学び直しなさい。
それは、ときには勇敢な振る舞いでもあります。
沈黙を守りなさい。
いまこそ、分解された家族の物語を再建するときです。
バラバラになった欠片《かけら》のひとつひとつを
そっといたわりなさい。
記憶のひとつひとつを
やさしく癒《いや》しなさい。

イメージのひとつひとつを
ゆっくりと温めなさい。

ジャンヌ、
あなたは微笑《ほほえ》んでいるかしら？
そうなら、微笑みを絶やさずにいて。
わたしもずっと微笑んでいるから。
それは怒りから生まれた微笑み、
並んで歩く女たちの笑顔です。

あなたにはサウダという名を付けていたかもしれない。
でも、その名はいまだにわたしの心の奥に大きな傷を残している。
その名の綴《つづ》りを一文字一文字口にすると、
傷口が開いてしまうの。
微笑んで、ジャンヌ、笑顔でいて。
わたしたちの一族は、

わたしたち一族の女性は、怒りの連鎖に囚《とら》われていた。
わたしは自分の母に対して怒っていた。
あなたがわたしに対して怒っているのとまったく同じ。
そして、わたしの母もまた、同じく自分の母親に対して怒っていた。
怒りの連鎖は断ち切らなければいけないわ。
ジャンヌ、シモン、
あなたたちの物語はどこから始まるのかしら?
あなたたちの生まれたときから?
ならば、物語は憎しみの中で始まります。
あなたたちのお父さんが生まれたときから?
ならば、すばらしい愛の物語から始まります。
けれども、ずっと過去を遡《さかのぼ》っていけば、
その愛の物語のルーツには
血みどろの争いやレイプがあり、
さらに、その忌《い》まわしい行為の発端となったのが
これまた愛であることがわかるでしょう。

あなたたちの物語について尋ねられたら、
こう答えなさい。わたしたちの物語は、
ひとりの娘が祖母ナジーラの墓石に名前を刻むため、
故郷の村に帰ってきた日に始まった、と。
その日から物語が始まるのです。
ジャンヌ、シモン、
あなたたちに話さなかったわけを言いましょう。
見つけ出して、はじめて明らかになる真実があるのです。
あなたたちは封筒を開けて、沈黙を破りました。
石にわたしの名を刻みなさい。
そして、その石をわたしの墓に置きなさい。
あなたたちの母より。

シモン　ジャンヌ、母さんの沈黙をもっと聞かせてよ。

ジャンヌとシモン、母の沈黙に耳を傾ける。
滝のような雨。

POSTFACE

解　説

Charlotte Farcet

シャルロット・ファルセ

不透明な基底、透明な天井

　ワジディ・ムアワッドは二〇〇九年のアヴィニョン演劇祭でアソシエート・アーティストを務めている。その誘いを受けた二〇〇七年に、彼はディレクターのヴァンサン・ボードリエとオルタンス・アルシャンボーから、語り（ナラシオン）というテーマで一緒に考えてみたいと持ちかけられた。語りの問題そのものもさることながら、彼はその問題が前提としているもの、あるいは、指し示しているものがなんであるのかを理解しようと考えを巡らせた。《自分ではそのつもりでも、気づかぬうちに意図していることとは違う内容の問題を提起しているときがあるものです》[*1]と、彼はディレクターふたりに宛《あ》てたメールに書いている。アヴィニョンへと移動中、あらためてふたつの問題が次々と浮かびあがった。二番目の問題から三番目の問題が導き出されたのか、それとも、三番目は二番目と表裏一体なのか、これらふたつの問題は最初の語りの問題と三《み》つ巴《どもえ》をなすものなのか。いずれにせよ、二番目の問題とは《いまの時代を慰めることはできるのか？》[*2]であり、三番目の問題とは《二〇〇九年の演劇祭で問われるべきは大量殺戮《さつりく》についてではないのか？》[*3]である。

＊1：ワジディ・ムアワッド、オルタンス・アルシャンボー、ヴァンサン・ボードリエ『二〇〇九年アヴィニョン演劇祭への旅（*Voyage pour le Festival d'Avignon 2009*）』（アヴィニョン演劇祭実行委員会／二〇〇九年）15〜16ページ　二〇〇七年六月三十日の手紙より。
＊2：同12ページ　二〇〇七年六月一日の手紙より。
＊3：同17ページ　二〇〇七年七月六日の手紙より。

おそらく、ワジディ・ムアワッドは自分でも気づかぬうちに、大枠で語られる歴史と、年表には現れない個人史——物語とのあいだに線を引いているのだ。その曖昧《あいまい》で懐疑的な一本の線が、彼の振る舞いの中に潜在しながらも、彼自身が理解していないものを明らかにする。歴史家たちに問いかける一本の線。《戦争の世紀と呼ばれる二十世紀の大量殺戮行為によって築かれた現代の世界の残虐《ざんぎゃく》さをステージの上で問おうとする彼の強い意志》[＊4]には、歴史家自身も衝撃を受けるはずだ。実際、ワジディ・ムアワッドの物語に大文字の歴史の響きを聞かないわけにはいかない。彼の作品にはレバノン内戦、第一次世界大戦、第二次世界大戦、ベルリンの壁の崩壊の影がつきまとっているのだ。

ムアワッドによれば、『灼熱《しゃくねつ》の魂（*Incendies*）』は「約束の血（Le Sang des promesses）」四部作の中で最も〝現実味〟が感じられる作品だそうだが、史実とのつながりも気になるところである。本作は二〇〇〇年にはじめて彼が耳にしたレバノン内戦の負の遺産〝キアム〟から誕生した。『沿岸』（*Littoral*）のあとがきでは《すべてはどのように始まったのか？》[*5]という問いが投げかけられていたが、本作について同じ問いを投げたら、間違いなくこのキアムという名称が出てくるだろう。その名を通して、彼は祖国の歴史とみずからの無知の一端を思い知るのであり、その名によって、みずからの人生の基底と癒《い》えない悲しみに立ち返ることになる。『灼熱の魂』が書かれたのは、ワジディ・ムアワッドが大文字の歴史との関わりを強く意識するようになったときと一致する。歴史との関わりは、これまでの作品においても見られたが、それまでは意識することもなかった。キアムとの邂逅《かいこう》により、ムアワッドは自分が無理解を受け継いできたことを知り、可能な限り学んで理解したいという欲求を感じた。歴史との関係は広がった、それでも、取り組む姿勢が変わることはない。誤解や安易な妥協をしないためにも、対象をよく知ることが肝心なのである。

＊4：『年代記：歴史、社会科学（*Annales. Histoire, Sciences sociales*）』（社会科学高等研究院／二〇一〇年二月号）《批評・小説（Comptes rendus. Fictions）》550〜553ページより。

＊5：『沿岸』（ルメアック／アクト・スユッド出版バベル文庫）151ページより。

彼の戯曲は決して史実に基づいたものではない。史実でもなく、ドキュメンタリーでもなく、『灼熱の魂』はフィクションに基づいている。では、歴史はどのような道をたどったのか？　歴史と個人の物語が交差するところに、なぜ〝大量殺戮〟や〝慰め〟という言葉が出てきたのか？　なぜ歴史を問うことが別の問い——たとえば、詩について——を立てることになるのか？

これらの問いに、『灼熱の魂』は答えを示す。だから、われわれは歴史をたどり、そのルーツまで遡《さかのぼ》っていくのだと。

キアム刑務所

◆ジョゼ・ランベール

二〇〇一年一月、ワジディ・ムアワッドはジョゼ・ランベールを〈ランディデューダ (lundiduda)〉のゲストに招いた。この〈アート・ディレクターの月曜日 (lundis du directeur artistique)〉は、月に一度モントリオールの〈三文劇場 (Théâtre de Quat'Sous)〉

で開催され、画家、歌手、ダンサー、詩人といったアーティストを迎え、公演中の舞台のセットを用いてパフォーマンスを披露してもらうという企画である。ジョゼ・ランベールの場合は、アフメド・ガザーリ（モロッコ出身の劇作家）の『羊と鯨（*Le Mouton et la baleine*）』のセットだった。ランベールをこの企画に招いたのは、彼女との出会いがムアワッドに《興奮の嵐》[*6]を巻き起こしたからだった。

＊6：『約束の血（*Le Sang des promesses: Puzzle, racines et rhizomes*）』（ルメアック／アクト・スュッド出版、二〇〇九年）38ページより。

ジョゼ・ランベールは、《怒りと情熱をたぎらせて写真を撮りつづける》[*7]ケベック出身の社会派フォトグラファーである。一九九五年、三度目のレバノン訪問で、彼女は十五年にわたる内戦の数々の傷跡を目にした。テレ・リバン（レバノンの放送局）のラシッド・ファフス記者に同行して南レバノンのクファール・テブリット村に向かったときのことである。彼女は刑務所から戻る赤十字のバスに乗車した。バスには、七年前から拘留されている娘と二度目の面会を果たした婦人が乗っていた。ランベールはまだなにも話を聞かないうちから婦人の表情に心を打たれ、思わずレンズを向けた。その刑務所はキアム刑務所といい、婦人はナジャット・ベシャラと名乗った。このときの写真が、南レバノンの拘留者を撮影した長いシリーズの最初の一枚となった。

＊7：〈ランディディデューダ〉で使用したワジディ・ムアワッドによるジョゼ・ランベールの紹介文より。

ランベールと出会う前、ムアワッドはキアム刑務所の噂《うわさ》を耳にしたことがなかった。ムアワッドは彼女が語る話に注意深く耳を傾けた。キアム刑務所は、戦時中にイスラエル軍に接収される前は、旧フランス軍兵舎をレバノン軍の基地に改造した建物だった。一九八五年、この建物は非合法の刑務所となり、南レバノン軍（ＳＬＡ）の管轄《かんかつ》下に置かれる。南レバノン軍は民兵組織であり、一九七八年から国境地帯を占領し、レバノン人とパレスチナ難民とのつながりを危惧《きぐ》するイスラエル軍の支援を受けていた。内戦中、数千人のレバノン人やパレスチナ人の男女が、単純な嫌疑か制裁という口実でたいていは専断的に逮捕され、裁判を経ることなくキアム刑務所に投獄された。＊8 二〇〇〇年五月にイスラエル軍が撤退すると、刑務所は放棄され、使用されなくなった。

＊8：二千から五千といわれる数の人々が収監されていた。二千という数字は赤十字によって確認がとれた人数に過ぎず、短期拘留者の数は考慮されていない。

レバノン滞在中、ランベールは大勢の拘留者の家族と会い、父、母、兄弟、子どもの姿を写真に収めた。そこに写ることのなかった拘留者の顔を、ランベールは解放後に見ることになる。

ランベールはムアワッドに、自分が出会ってきた人々の言葉を詳《つまび》らかに伝えた。刑務所内の環境、独房、何か月にもわたる尋問、電気ショックによる拷問《ごうもん》。拘留者の近親者たちは次々と逮捕され、本人の目の前で拷問されるのだ。娘の前で母親が、孫娘の前で祖母が、息子の前で父親が、兄の前で弟が。レバノン人の女性たちは同胞の若い拷問人に必死に叫んだ。「わたしがあんたの母親でも、あんたは同じことをするの？」と。ランベールは、スーハ・ベシャラと彼女が起こした事件について語った。スーハ・ベシャラは二十一歳のときにSLAのリーダー、アントワーヌ・ラハドに向けて二発発砲し、キアム刑務所に投獄された。そして、十年間拘留され、そのうちの六年は独房に入れられていた。ムアワッドは、アントワーヌ・ラハド暗殺未遂事件については知っていたが、誰が暗殺を試みたのかは知らなかった。

ランベールの話では、刑務所の拷問人たちは亡命しており、その中のひとりはモントリオールにいるという。彼女はその男に関する資料のファイルを作成し、男の逮捕に必要な情報をすべて集めた。国際人道法によれば、男は非人道的な行為を働いた犯罪人である。しかし、カナダの司法当局は依然として動こうとしない。

ランベールは旅を通して数多くの証言を集めていた。その中には、《アリ地獄のような日々》や《地雷原《じらいげん》で生きる》[*9]といった重苦しい話も含まれている。ジャーナリストたちとの関係がだんだん複雑になり、流用や曲解を避けるために、ランベールは特定の写真については撮影しないことに決めた。その存在しない写真の内容に衝撃を受けたムアワッドはランベールに、ステージ上でその写真に収めなかった話に〝スポットを当てる〟ことを勧めた。

＊9：ジョゼ・ランベール『占領下の南レバノンで彼らはテロリストと呼ばれた（*On les disait terroristes sous l'occupation du Liban-Sud*）』（セマフォール出版、二〇〇四年）１０１ページより。

一月二十九日の夕べ、ジョゼ・ランベールはそのうちのひとつ、《ディアーヌとジャン》[*10]の話を語った。

＊10：同《ディアーヌとジャン（*Diane et Jean*）》97〜１１５ページより。

長いこと、わたしはこの話をしようかどうか迷っていました。なぜなら、誰にも話さないと、ディアーヌに約束したからです。いま、わたしは彼女を裏切っているような気さえしています。ディアーヌとジャンの祖国では、タブーとされていることがいくつもあり、ジャンにはそれが有利に働いています。(中略) ディアーヌとジャンは南レバノンと呼ばれる小さな地域の出身です。二十二年にわたってイスラエル軍に占領されていた小さな領土です。*11

*11：同101〜103ページより。

ある日、ディアーヌはベイルート、つまり占領区域外に住む友人たちを訪ねることにした。このときはいつも以上に境界検問所での尋問が長引き、そのうち事態が悪化する。ディアーヌは逮捕され、キアム刑務所に投獄されてしまう。最初の数日間、彼女は電気ショックによる拷問を受ける。彼女にはレジスタンスに情報を流した嫌疑がかけられていた。その後、彼女は、ジャンという男に会う。そして、ジャンから次のような宣誓文を書くように命じられる。

わたくしこと、下記に署名するディアーヌは、処女ではないことを言明します。以上のことは、逮捕以前のわたくしの人間関係によるものであり、キアム刑務所拘留中に起きた出来事のせいではありません。*12

＊12：同107ページより。

その翌日、彼女は祖母が逮捕されたことを知った。祖母が拷問されている悲鳴が隣室から聞こえてくる。ジャンは自分のオフィスにディアーヌを連れてこさせ、おとなしく自分を受け入れるなら、祖母のことは勘弁してやると言う。そのときから、長期にわたってレイプが繰り返されていく。ディアーヌは抗《あらが》うことができなかった。数か月後にディアーヌの祖母は釈放された。やがて、ジャンはディアーヌに飽き、彼女も解放されることになる。

キアム刑務所でレイプされた女性はディアーヌひとりではありません。しかし、たとえ伏せられていることであろうと、彼女はあえて事実を語った数少ない女性のひとりです。実際、拘留されていた女性の多くが、所内で性的暴行があったことを否定しています。（中略）村八分にされたくないから、あるいは、家族に恥ずかしい思いをさせたくないから、女性たちは口を閉ざす選択をしたのです。（中略）女性たちの沈黙は、昔もいまもジャンにとって好都合となっています。ジャンもそのことは百も承知なのです。そういった意味で、ジャンはいまなお女性たちの体を占拠しつづけているのだと思います。*13

*13：同111ページより

ジョゼ・ランベールがこのテクストを朗読しているとき、ワジディ・ムアワッドは舞台の袖《そで》にいた。彼女と出会ってからずっと、キアム刑務所とその存在を知らなかったことが彼の頭につきまとっていた。彼のまるで知らずにいた祖国の一部、祖国の歴史のある側面がそこにあった。実際に誰からも聞いたことがなく、彼自身、まったく関心が向かなかったことである。分裂と反逆からなる祖国の血腥《ちなまぐさ》い暗い一面が、これまで積み重ねてきた知識と認識に加わったのだ。キアム刑務所は彼を人生の基底に引き戻した。内戦を生き抜いてこなかったことについてずっと罪悪感を持っていた彼は、来し方を振り返り、亡命してからの二十五年に対し、戦争を経験した四年間はなんの価値もないものとして目を背けていた。それでも、祖国の内戦が彼の人生の行路を決定づけた。なぜ、彼はフランス語を話し、フランス語で書くのか？　なぜ、彼はケベックで暮らしているのか？　なぜ、彼の母はモントリオールの凍土の下で眠っているのか？　《なぜなら、内戦が起きて、ぼくたち一家がレバノンを離れたからだ》[*14]。彼がことあるごとに自分の人生について疑問を抱くと必ず出てくるセリフだ。《このセリフのとおりでなかったら、ぼくはいまごろアラビア語を話し、ベイルートで暮らしていただろう……。しかし、ぼくがこうなるに至ったきっかけは、レバノン内戦という歴史的大事件にあり、それは六十年前から続く中東紛争というはるかに大きな歴史の一部である》[*15]。だからこそ、彼はこの大文字の歴史とのつながりを認めざるを得ないのである。キアム刑務所の存在によって、彼の人生の基底をなすものの底知れなさ、残虐さが明らかにされ、彼の罪悪感は掻《か》き立てられた。彼に見えていた底板の下にはいくつもの底板が隠れており、地盤は思っていたよりずっと硬かった。

＊14：『アヴィニョン演劇祭への旅』64ページより。
＊15：同65ページより。

　したがって、知らずに済ませるわけにはいかなかった。だいぶ前から戦争は彼の執筆の実験台となっており、『トイレにこもったウィリー・プロタゴラス（*Willy Protagoras enfermé dans les toilettes*）』、『クロマニョン家の婚礼の日（*Journée de noces chez les Cromagnons*）』、『沿岸』には戦争が顔をのぞかせるが、それは自然にそれとわかる形で登場する。キアム刑務所との邂逅に彼はめまいを覚え、めまいが彼を動かした。この邂逅によって、彼は読んで学んで理解する必要性を痛切に感じ、ナワルがそれを継承し伝えていくこととなる。

彼はほかにも感じとっていた。衝撃を受けただけではなく、キアム刑務所が呼びかけるのが聞こえ、その視線を感じたのだ。〈ランディデューダ〉の夜、まさに〈三文劇場〉の狭い舞台袖で《ディアーヌとジャン》の話を聞いているとき、あるセリフが閃光《せんこう》のように頭を過《よぎ》った。「わたしがあんたの母親でも、あんたは同じことをするの?」そして、舞台袖の暗がりの中で、わが子に拷問され、レイプされる女性の物語が閃《ひらめ》いたのである。

◆ランダ・シャハル・サッバーグ

そのときから、プロジェクトは動きだした。物語の構成を考えると同時に、ムアワッドはレバノンの歴史に没頭した。《フィクションを生みだすために、自身を現実で埋めつくし[*16]》、南レバノン、キアム刑務所、スーハ・ベシャラについてもっと知ろうとした。

＊16：『約束の血』ワジディ・ムアワッドからランダ・シャハル・サッバーグに宛てた二通目の手紙　36ページより。

ケベック州のフランス総領事館のミレーユ・ラクロワ文化担当官の案内で、ムアワッドはレバノン人の女性監督が手がけたドキュメンタリー映画を紹介された。パリ在住のこの監督の名はランダ・シャハル・サッバーグ。一九五三年、レバノン北西トリポリのスンニ派の家庭に生まれた。両親はともにマルキストである。サッバーグはエコール・ルイ・リュミエール（フランスの国立映画学校）で映画の勉強をするため、一九七〇年代に渡仏した。彼女はフィクションとドキュメンタリーの両方を撮っており、『砂の壁（*Écrans de sable*）』（一九九二年）、『文明化された人々（*Civilisés*）』（二〇〇〇年）の二本の長篇映画のほか、ドキュメンタリー作品では、レバノン内戦を扱った『一歩一歩（*Pas à pas*）』（一九七九年）、エジプトの歌手にスポットを当てた『シェイク・イマーム（*Cheikh Imam*）』（一九八四年）、『わたしたちの無謀な戦い（*Nos guerres imprudentes*）』（一九九五年）、『スーハ、地獄を生き延びた女（*Souha, survivre à l'enfer*）』（二〇〇一年）がある。

ムアワッドはサッバーグにメールを送ることにした。

二〇〇一年五月十一日金曜日、モントリオール

サッバーグさま

はじめまして。ワジディ・ムアワッドと申します。劇作と演出の仕事をしている者です。この名前からおわかりかと思いますが、あなたと同じアラブ人です。はばかりながらさらに申しますと、わたしたちはお互いに、より多くを言葉に乗せ、証言し、声を大に叫ばねばならない立場にある人間同士であるように思います。

こちらのアドレスはミレーユ・ラクロワさんから教えていただきました。メールのやり取りでもかまいませんので、お話をさせていただければたいへんありがたいと思い、こうしてメールをしたためている次第です。ミレーユさんから伺ったのですが、レバノン南部にあるあの旧刑務所に囚《とら》われていた女性たちのドキュメンタリー映画を撮られたそうですね。わたしは驚きました。なぜなら、わたしがいま書いているシナリオも、あのおぞましい出来事を題材にしているからです。といっても、そのシナリオはあくまでフィクションの域を出ていません。わたしには想像を掻き立てる資料や話のネタがひとつもないのです。ミレーユさんからお話を伺ったとき、あなたの作品を見せていただけないだろうかと思いました。そして、あなたとお話をする機会をいただければ、シナリオの執筆がもっと進むような気がしたのです。

というわけで、現在取り組んでいるシナリオのあらすじをまとめたファイルをこのメールに添付いたします。厚かましいお願いで恐縮ですが、どうかよろしくお願いいたします。

心から敬意を表して
ワジディ・ムアワッド*17

*17：ワジディ・ムアワッドの記録資料より。未発表。

ランダ・シャハル・サッバーグから好意的な返事があり、映画のプリントが届けられた。サッバーグ監督は、一九九八年にパリでスーハ・ベシャラと面会した。参考程度に取材をするつもりだったのが、その証言を聞くうちに、記録映画を撮る必要性を強く感じたのだという。ムアワッドは、はじめてキアム刑務所の塀を目にし、スーハ・ベシャラの顔、声、その厳格さや率直さを知った。この映画では、スーハと囚人たちとの再会が描かれている。収監中、スーハは囚人たちの顔を一度も見たことがない。しかし、彼らの声だけは聞こえていた。囚人たちもまた、スーハの声を耳にして、その声を愛していた。それはスーハが歌を口ずさんでいたからである。
ムアワッドと同じ年齢のこの若い女性は、いまなおアラビア語を話し、戦争を生き抜いてきた。レバノンを離れなかったら、ムアワッドは彼女と同じ運命にあった可能性もあるだろう。いわば、双子《ふたご》の弟みたいなものなのかもしれない。

数週間後、フランスに行くことになったムアワッドは、その機会にサッバーグ監督に会った。ふたりの撮影談義は長時間にわたった。最後に、監督は当然のようにムアワッドにスーハ・ベシャラに会うことを勧めた。もちろん、ムアワッドはその提案に応じる。

◆スーハ・ベシャラ

サッバーグ監督のフィルムは希少で、なかなかお目にかかれるものではない。いっぽうで、スーハ・ベシャラは『抵抗する女（*Résistante*）[*18]』を著わしており、そこで彼女の半生を知ることができる。ムアワッドは先入観に囚われて、それが自由な発想の妨げになることを恐れ、あえてその本を読まずにいた。のちに読んでみて、彼は当惑することになる。『灼熱の魂』とスーハ・ベシャラの半生とのあいだには驚くべき偶然の一致があったのだ。

＊18：J・C・ラテ出版、二〇〇〇年

スーハ・ベシャラは一九六七年六月十五日に生まれた。家族は南レバノンのキリスト教徒の村、デイル・ミマスの出身である。毎年、スーハはこの楽園のような村で夏を過ごしていた。彼女の記憶はムアワッドの記憶と似ている。ふたりとも、庭で野菜や果物を栽培し、ナスやタイム、ズッキーニ、オリーブをどっさり収穫したという。*19 スーハは四人家族の末っ子。父親は共産主義者、労働組合至上主義者で、タイピスト兼植字工の仕事をしていた。戦争中はずっと共産党機関紙〈*L'Appel*（叫び）〉の発行を担《にな》う印刷会社で働いていたが、自分の活動については家族に伏せていた。家族の中では母親が実権を握っており、父親には家の外で政治活動をさせないようにあれこれ手を尽くしていたからだ。

＊19：この庭は、『火傷《やけど》するほど独り（*Seuls*）』（ルメアック／アクト・スュッド出版、二〇〇八年）の中で、子どものころの思い出として描かれている。

スーハが八歳のときに内戦が勃発《ぼっぱつ》し、三年後の一九七八年には、南レバノンがイスラエル軍に占領される。そのときから、スーハは活動家への道を目指し、学ぶことになる。彼女は公然と活動していた伯父と伯母の家でバカンスを過ごした。父の兄である伯父のナーイフは父と同じ印刷会社で働いており、伯母のナワルは婦人連合で活動していた。《こうして、活動家のナーイフとフェミニストのナワルの影響を受け、戦時下の混乱のなか、わたしは議論や理想、活動の概念について学んだのです[*20]》。しかし、彼女は父親と同じく慎重に振る舞い、自分の考えをいっさい口にしなかった。

＊20：『抵抗する女』28ページより。この伯母がナワルという名であることを知らなかったムアワッドは、偶然の一致に驚愕《きょうがく》する。

スーハは活発で運動神経がよく、バイタリティのある生徒だった。数学が得意で、年《とし》端《は》もいかぬうちから個人で授業をおこない、そのことが彼女に自立を促した。《国を揺り動かす公開討論には全校が共鳴した[*21]》というファハー・エッディーン校の生徒だった彼女は、クラスからスポークスマンに選ばれると同時に、わずか十二歳で、民主青年連盟で活動を始める。成長すると、負傷者を受け入れる無料診療所の手伝いを申し出て、救護所の当直を務め、日に日に戦争の現実を知るようになる。《戦争は狂気です》と、彼女は書いている。《ほかの地域と同様、レバノンでも戦争をするのにいろいろと理屈があって、倒錯した側面を見せています[*22]》。武装組織は数えきれないほど存在した。レバノン右派と左派がいくつもの民兵組織に分裂したほか、イスラエル軍、パレスチナ系軍事組織、シリア軍もいる。不自然な同盟関係が連立し、内部抗争が絶えない日常。誰もが犯罪に手を染める。《内戦の当事者である各党派が肝心なことはそっちのけで些末《さまつ》なことに集中し、つまらないことに信じられないくらいの兵力を展開して、すべてが期待外れだったことがわかりました》[*23]。

＊21：同32ページより。
＊22：同49ページより。
＊23：同55ページより。

スーハ・ベシャラにとって《肝心なこと》とは、レバノンを守ることだ。それが彼女が共産主義者に親近感を抱く理由である。共産主義の理念において、彼女が惹《ひ》かれるのは階級闘争ではなく、レバノン人社会の内部分裂に反旗を翻《ひるがえ》す国家の理念なのだ。ゆえに、《肝心なこと》は、外国の占領者に対して団結することである。

イスラエル軍が〈ガリラヤの平和〉作戦と称してレバノンに侵攻し、サブラーとシャティーラの難民キャンプで大虐殺《だいぎゃくさつ》があった一九八二年、スーハの活動はいよいよ過激になる。当時彼女は十五歳。もとより平和主義者だったが、自分が守る大義のためなら命を投げ出す覚悟であり、行動を起こそうと考えていた。

彼女がレジスタンスに身を投じたことにまわりは気づかなかった。彼女はレバノン抵抗戦線に加わり、占領地域での情報収集を任される。恋人に会いに行くと見せかけて、ベイルートと南部を何度も行き来した。SLA、アントワーヌ・ラハド、イスラエル軍。ターゲットは徐々に絞りこまれていった。彼女は政治に無関心で陽気で活発なスポーツ好きの娘を装《よそお》い、パーティーやセレモニーに顔を出した。そして、働き口の紹介を頼んで回るうちに、アントワーヌ・ラハドの妻が体育の教師を探していることを知る。ここぞとばかり、家庭教師として雇われると、その数週間後の一九八八年十一月七日にはアントワーヌ・ラハドに銃を向け、二発発砲するのである。

スーハ・ベシャラは逮捕され、イスラエルに連行されて尋問を受けた。それからレバノンに戻され、《名前も生存権もない生き地獄》[*24]であるキアム刑務所に収監されることになった。三か月にわたる拷問に続き、苛酷《かこく》で非道な扱いは十年に及んだが、彼女はそれを凄《すさ》まじい精神力で耐え抜いた。著書の中では、刑務所内の恐ろしい状況について語られている。冬の寒さと夏の窒息しそうな暑さ。施設の劣悪な衛生状態。病気。拷問中の男女の悲鳴。飢え。身体の不活動。彼女はしばしば手錠をかけられた状態で、六年近く独房で過ごした。体がなまらないように運動したり(毎日、狭い独房内を数キロ分歩きまわる)、紐《ひも》やオリーブの種や石鹼《せっけん》やパンから小さな作品を作ったりしながら時間を過ごす必要性について言及している。《沈黙を強いられ、自分が何者であるかを忘れるように仕向けられている環境で、創作することは、表現の自由を手に入れることであり、自分の考えを表現することでした》[25]。彼女にとって、書くことは救いだった。アルミ片がペンとなり、チーズの包みが紙替わりだった。文字を書き、言葉を綴《つづ》り、それどころか詩や物語を創作した。

＊24：同121ページより。

＊25：同156ページより。

拘禁中、スーハは若いパレスチナ人女性キーファと強い友情で結ばれた。キーファは一九九四年、スーハは一九九八年に釈放されることになる。

ムアワッドは、スーハ・ベシャラに会うためにサッバーグ監督のもとを訪れた。このときの彼は、スーハの半生について、前述のような細かなことまで知っていたわけではない。しかし、スーハの行動やキアム刑務所に深く影響を受けていた。彼は瀟洒《しょうしゃ》なアパルトマンの中に入り、スーハと会った。スーハは彼の従姉妹《いとこ》たちによく似ていて、小柄な女性だった。彼はスーハの眼差《まなざ》しに胸を打たれた。その眼差しからは、彼女がどんな経験をしてきたのかうかがい知ることはできなかった。彼女の顔には苦痛や傷跡や暗い影が見られない。目を伏せることもなかった。呆気《あっけ》にとられるくらいすっきりとした顔をしていた。

三人の座談会は家族で食事をしているような、なんでも話しあえる、楽しくて心地よい場となった。スーハは自分のことをほとんど話さなかった。ムアワッドもなにひとつ質問しなかったが、いまあたためている物語について話し、相手の反応を見る必要があった。

彼は打ち明けた。ほんの数か月前まではキアム刑務所についてなにも知らなかったこと。まったく無知のまま暮らしてきたが、キアム刑務所の拷問人が現在自分が暮らすカナダに住んでいると知って愕然としたこと。地獄のようなキアムの話を聞くうちに、ある物語のアイディアが生まれたこと。――まだ幼さの残る少女がある若い男を心から愛して子を宿したが、生まれてきた息子は彼女から引き離されてしまう。彼女は村を出て、読み書きを覚え、ジャーナリストになる。戦争が勃発し、国が外国の軍隊に侵略される。彼女はレジスタンス運動に身を投じる。あるとき、秘密の作戦に関与した彼女は逮捕され、投獄され、拷問を受ける。ほかの囚人が拷問されているあいだ、彼女は歌を歌う。それゆえ、彼女は〝歌う女〟と呼ばれるようになる。刑務所で彼女は拷問人の男に何度もレイプされ、妊娠して、女の子を出産する。彼女は釈放されると、娘を連れて国を離れる。長い年月を経て、彼女は捜していた息子と再会を果たすが、息子は彼女を拷問した男だった。それを知ったとき、彼女は口を閉ざしてしまう。

そこまで話して、ムアワッドが黙ると、スーハはサッバーグ監督のほうを向いて「魅力的なストーリーですね」と言った。それだけで、ほかにはなにも付け加えなかった。そのあと、三人はとりとめもなくしゃべりつづけた。

夜も遅い時間になり、ともに楽しいひと時を過ごせた喜びに浸りながら、ムアワッドとスーハはサッバーグ監督のアパルトマンをあとにした。地下鉄のホームで電車を待つあいだ、ふたりはかつてベイルートの同じ地区に住んでいたことを知る。奇妙な巡り合わせだった。お互いに近所で生まれ、戦争によって別れ別れになったのに、いまこうして地下鉄のホームに一緒に立っているのだ。

ムアワッドは三つの質問をすることにした。「刑務所ではどんな歌を歌っていたのか」と尋ねると、彼女は「思いついた歌はなんでも。たとえばABBAとか」と言った。「アントワーヌ・ラハドをしとめなかったことを残念に思うか」という質問には、「結局のところ、それはまったく重要ではない。肝心なのは、彼が銃撃されたのをみんなが知っていることよ」との答えが返ってきた。そこで、なぜ一発でもなく、全弾撃ちきったわけでもなく、二発発砲したのかを問うと、彼女は「一発はレバノン人のため、もう一発はパレスチナ人のため」と説明した。

三つの質問をするあいだに、電車は次々と駅に停車し、ふたりは前の日一緒に遊んでいた従姉弟《いとこ》同士のように、あっさりと別れる。

スーハと別れてから、ムアワッドは、いまのエピソードは物語にすることができそうだ、主人公の女性には娘がひとりよりも、双子の娘と息子がいたほうがすてきになるだろうと、考えた。

『灼熱の魂』——歴史からフィクションまで

つまり、『灼熱の魂』の出発点は歴史である。では、そのあとはどうなるのか？

出発点はイスラエル軍による南レバノン占領である。もっと正確に言うなら、大勢のレバノン人が、イスラエル軍に報酬をもらっていた同胞から拷問を受けていた南レバノンの刑務所が出発点である。この刑務所に連行されてきた人の大半が女性だった。女性たちを拷問にかけて証言を引き出し、その夫、息子、父親、兄弟を密告するように仕向けるという手法を取っていたのだ。ただし、刑務所は出発点に過ぎない。テーマやプロジェクトの指針を構成するものではないという意味では、その先に続く話のきっかけでしかないのだ。この史実は、ぼくを感情と理性と倫理観が渦巻く嵐の中心に引きこんだ。身動きできる余地すら残さない嵐である。史実については、良心の問題から、そして、たぶん連帯の問題から、ぼくには話す義務がある。いずれにしても、簡潔に。それ以外の話はしたくないからだ。話そうと思わないというか、話すことができないというか、極論を言えば、史実を生々しく語ることには興味がない。むしろ、肌で感じるようにこの問題にアプローチしたいという衝動に駆られている。だから、イスラエル侵攻という政治的な出来事は表に出さない。自分の胸にとどめておく。心の深淵《しんえん》でそれは叫びへと変換されるはずだ。このプロジェクトは叫びである。そう、叫びなのだ。つまり、この出来事は引き金となる。さらりと表現される暴力の引き金。登場する国々に名前はない。『沿岸』では、まったく同じように、国名には触れずにシリアの存在を匂《にお》わせた。というわけで、『拷問された人々（*Torturés*）』ではレバノンの悪夢の側面に迫る。*26

＊26：ワジディ・ムアワッドの個人的な作業用資料〝アプローチその1（Approche 01）〟より。『約束の血』において、この資料を更新したものが公開されている。

以上の文章は、『灼熱の魂』について最初に説明されたものである。作品名は、この時点ではまだ決定していないが、ここで言及されている方向に向かって変化を遂げる——つまり、現実から離れてフィクションに落とし込まれていくことになる。*27 オリジナルの資料では、このパラグラフの前に〝Inspiration（インスピレーション）〟というタイトルが付けられていた。この言葉は創作のプロセスにおける「歴史」の位置づけを明確に示している。Inspirationは、生理的な意味では〝息を吸いこむこと〟だが、あたかも、キアム刑務所の空気が執筆という〝気管〟に吸入されて変化していくかのようである。

＊27：最初のタイトルからは同時期に注目を浴びたサラ・ケイン（イギリスの劇作家・演出家）の影響がうかがえる。彼女はワジディ・ムアワッドを『灼熱の魂』に導いた女性たちのひとりに挙げられる。

作業にとりかかった当初は、きっかけとなる具体的な歴史的事件が登場していた。稽《けい》古《こ》ノートに書かれた物語の最初のスケッチでは、《サブラーとシャティーラ》の固有名詞や《男：イスラエル軍撤退時に国外逃亡／カナダに安住》[＊28]といったフレーズを通して史実の存在が確認できる。稽古が始まるときも、史実が引き合いに出された。二〇〇二年の夏、『灼熱の魂』のチームはテーブルに集まり、第一回のミーティングを持った。ムアワッドはメンバーに『灼熱の魂』に至るまでの経緯を語った。レバノンの戦争、同胞の殺し合い、不自然な同盟、領域の問題、シリアの存在、イスラエルによる占領、キアム刑務所、スーハ・ベシャラについて話し、ランダ・シャハル・サッバーグ監督の映画を見せた。こんどはメンバーたちが、スーハ・ベシャラの存在をはじめて知ることになる。ムアワッドは稽古ノートにメンバーひとりひとりの反応、意見や感想、長時間にわたるディスカッションの記録を残している。その中には、〝刑務所〟〝領土〟〝笑い〟〝ルーツ〟〝異邦人〟〝記憶〟〝無力〟などの言葉が見られる。*29

しかし、歴史のある相貌《そうぼう》を示すために、イスラエルの南レバノン占領という史実は徐々に影をひそめ、その出典や正体を失って、表に出てこなくなる。

＊28：『灼熱の魂』稽古ノート（未発表）1ページ、7ページより。
＊29：同23〜25ページより。

◆解放

まず、地名が消え、地理は抽象化された。『沿岸』でもそうであったように、レバノンという国名は出てこない。ナワルの祖国は名を持たず、へその緒のつながった母胎に通じるような名称、たとえば《ふるさと》《生まれ故郷》《きみたちのお母さんの国》と呼ばれるのみである。この国は、南部と北部という言葉で言い表される。ナワルが〝生まれた村〟は国の北部にあり、古代ローマの遺跡がある。[*30]ナバチエ村は、クファール・ラヤット、クファール・リヤド、クファール・マトラがあり、難民キャンプが集中する南部地域に続く街道で最初に出会う村である。国の西側は海に面しており、[*31]南側には国境があり、その国境を越えて隣国の軍隊が南部を占領した。これらの地名の響きから(登場人物の名前からも)、この国が世界のどの地域に属す国なのかがわかる。ナバチエとクファール・マトラのふたつは実在するレバノンの村の名だが、地理が抽象化されていると感じている読者に影響を与えることはない。ケベックでケベックの俳優のために書いているムアワッドは、地名についていちいち指摘する人はほぼゼロに等しいことを知っている。ムアワッドにとって、ふたつの村の名称には〝ささやかな事実〟という価値があり、書いたものに親近性を持たせる根拠となる。

＊30：本書212ページより。
＊31：本書167ページより。キセルワンは西にあり、海に面している。

宗派や民兵組織や共同体の名についても、パレスチナ人、イスラエル人、イスラム教シーア派、ドゥルーズ派、キリスト教徒、ファランジスト党（キリスト教マロン派系極右政党・民兵組織）らが群雄割拠する状態についても言及されない。『灼熱の魂』では、《民兵》《南の軍隊》《難民》《南部地域の抵抗組織》の四つのグループに分かれている。この四つは、民兵組織の戦闘員、軍隊所属の兵士、流入してきた難民、レジスタンスという具体的な状況に応じて定義されたものだ。サウダとワハブは難民であり、シャドは《全民兵組織の最高指導者》、シャムセディンは《レジスタンスの精神的な指導者》である。難民は民兵と南の軍隊に対抗し、抵抗勢力から支援を受けている。

しかし、観客から見ると、その線引きはさほど明確ではない。テクストを注意深く読めば区別できるが、舞台の動きの中では簡単に見分けられない。むしろ舞台では観客を惑わせようとする。戦争の説明はなく、登場人物が立ち止まって状況を明らかにすることはない。紛争の当事者についてはその由来がなにひとつわからず、暴力の応酬のせいで混沌《こんとん》としている。抵抗勢力の指導者、シャムセディンも《ほかと変わらず暴力的》[*32]である。民兵と難民は報復合戦を繰り広げる。《その二日前、難民キャンプを抜け出した三人の若者を、民兵たちが吊《つ》るし首にしました。なぜ吊るし首にしたのか？　キャンプの男ふたりが、クファール・サミーラ村の少女を強姦《ごうかん》し、殺害したからです。なぜ少女を強姦したのか？　民兵たちがある難民一家を石打ちの刑に処したからです。なぜ、処刑したのか？　難民たちがタイムの茂る丘のふもとの一軒家に放火したからです[*33]》。名前に言及しない場面があるいっぽうで、犠牲者のほうだけ名前が挙げられる場面もある。《彼らはアブデルハンマスのところにもやってきた。ザン、ミラ、アビエルが殺されたわ。彼らはマデルワアドを捜していた。どこを捜しても見つからないので、家族を皆殺しにしたのよ。喉《のど》を掻《か》き切って[*34]》。限定的な説明を伴わない《彼ら》という代名詞は誰を指すものでもありながら、誰の名前でもない。なにを守るかによって、もはや彼らを区別することはできない。これは歴史に対する問いかけである。あのすべての民兵のあいだにそれほど違いがあったのか？　その行為に差異はなく、動機は曖昧《あいまい》なのに、名前を挙げたり区別したりすることに、どんな意味があるのか？　『灼熱の魂』の初版では、ナワルは自分を脅す兵士に対してこう言い放つ。《難民とここの人々は似ているから見分けがつかない[*35]》。流された血は同じ血である。《兄弟が自分の兄弟に発砲し、父が自分の父に発砲する[*36]》と、クファール・ラヤットの孤児院の医師は言い、《兄が弟と、姉が妹と反目しあう[*37]》と、ナワルは言う。ワジディ・ムアワッドは、名前をなくすことで境界を曖昧にし、同胞同士の争いこそがこの戦争の正体であるという考えをより強烈に鮮明に印象づけた。

＊32：本書159ページより。
＊33：本書103ページより。

＊34：本書130ページより。
＊35：『灼熱の魂』（ルメアック／アクト・スュッド出版、二〇〇三年初版）54ページより。
＊36：本書102ページより。
＊37：本書132ページより。

日付も消える。『灼熱の魂』の年表はレバノン内戦の年表どおりではなく、完全に史実から解放され、物語に必要な流れに従っている。わずかに日付の言及があるのは、クファール・ラヤット監獄が建設されたときと、クファール・リヤドとクファール・マトラの大虐殺[＊38]があったときのみだ。それでも、この戯曲を読めば、ほかの日付も推測でき、それらが物語のベースになった出来事の日付と一致しないことがわかるだろう。戦争は、ナワルが十九歳で村を離れてまもなく始まる。一九七八年の時点でナワルは四十歳になっているから、戦争が始まったのは一九五八年あたりだと考えられる。レバノンの内戦の始まりは一九七五年だと公式発表されている。ナワルが脱出したバスが炎上する事件も、やはり一九五八年頃の出来事である。これは、一九七五年四月十三日に起きた、[＊39]武装したファランジスト党員がパレスチナ人を乗せたバスを銃撃して炎上させた事件に想を得ている。クファール・ラヤット監獄ができたのは一九七八年で、キアム刑務所は一九八五年。クファール・リヤドとクファール・マトラの殺戮《さつりく》は一九七八年で、サブラーとシャティーラの大量虐殺事件は一九八二年に起きている。シャドの暗殺は一九七八年で、アントワーヌ・ラハド暗殺未遂事件は一九八八年のことである。

＊38：本書110ページ、145ページより。

＊39：この事件がレバノン内戦の発端とされている。事件はワジディ・ムアワッドの目の前で起きた。彼はまだ八歳で、バスが襲撃されたとき、自宅アパートのバルコニーにいた。

テクストには日付が登場しないが、間違いなく意図してのことであり、その意味は大きい。日付を示さないことで、時間がとらえどころのない不安定なものになる。時間は登場人物の人生に没入したり闖入《ちんにゅう》したりしながら流れる。年齢と時代が交錯し、直線的なつながりが消える。そこでさらに、なにかしら曖昧になっていく。出来事を発生順に登場させることや、その関連性や発展について述べることは重要ではなく、それらのインパクトと暴力性が同等に語られることが肝心なのだ。バスの襲撃は、クファール・リヤドとクファール・マトラの殺戮と同じ重みを持つ。それらを隔てる二十年の歳月は、観客にとっては存在しない。〝現在〟の場面のあいだに挿入されたそれらの出来事の描写は臨場感さえあり、観客を現在だけでなく過去へと送りこむ。イラク戦争が始まっていた当時、ムアワッドはレバノン内戦だけを念頭に置いて執筆していたわけではない。

旧ユーゴスラビア紛争やルワンダ内戦、それ以前に起きた紛争についての記録も参考にしながら書いていたのだ。レバノン内戦中には使われることのなかったマチェーテについての言及や、第二次世界大戦中の出来事とされる三人の息子からひとりを選ばなければならなかった母親の話など、いくつかのディテールがそれを物語っている。

したがって、時間は拡張し象徴的になる。《百年戦争のはじまりよ》[*40]とナワルは言う。互いに相手の正体を知らないまま、息子が母を強姦するという物語を通して、時間は神話の時間にさえつながる。状況説明やリアリズムから解放された物語は、虚構の時間、永遠の現在に落としこまれ、そこで登場人物たちは表象となる。ナワルはスーハと同一ではなく、ナワルの行為——シャドに向けて二発発砲した——がスーハに由来する。スーハとは年齢も経歴も信念も違う。受けた暴力も違う。ナワルはスーハであると同時にディアーヌであり、その他大勢の女性たちである。社会参加をし、自分で考え、喜怒哀楽がある。そして、《歌う女》である。

＊40：本書132ページより。

物語が語られる世界では歴史の壁は失われ、物語はある種の広がり、壮大な形を見つけ、さらなる共鳴へとつながる。《なにより重要なのは、事件から抜け出して悲劇の中に真っ逆さまに落ちること》[*41]と、ムアワッドは稽古ノートに記している。時系列を離れることでまさにこの一行は達成できるのである。

＊41：『灼熱の魂』稽古ノート（未発表）２ページより。

◆顔

『灼熱の魂』で語られるのは歴史ではなく、たとえば、サウダが至近距離で《目の当《ま》たりにした苦しみ》[*42]に次ぐ苦しみである。自らの状況に屈した歴史は、《行く手にあるものすべてをむさぼり尽くし、さらに血と肉を要求する飢えた貪欲《どんよく》な神》[*43]の顔を見せる。孤児院の医師が語った報復合戦から、ナワルの目の前で火を放たれたバス、クファール・リヤドとクファール・マトラの殺戮まで、遍在する暴力。戦争は悪夢であり、個々人を押し潰《つぶ》す《恐ろしい暴力装置》[*44]で、気まぐれや勢いで、人生をいくつも作っては壊し、《バラバラに》《分解》[*45]する。ムアワッドは歴史上の人物ではなく、名もなき人々に関心を寄せる。その存在が忘れ去られることのないように、人々の名を記録しつづける『沿岸』のジョゼフィーヌ。ありえない状況に直面する人々――監獄で生まれた新生児を殺す役割を担った看守、息子たちの中からひとりを選んで命を助けるという究極の選択を迫られる母親、連れ去られた息子が自分を拷問《ごうもん》した男だと知る母親。誰もこの暴力の理由を覚えてはいない。《記憶がそこで止まっています》[*46]と、孤児院の医師は言う。《理由もなければ意味もない！》[*47]と、ニハドはシャムセディンに向かって叫ぶ。サウダは疲れ果てて、《なにを争っているの？》[*48]と問うが、この悲壮感漂う皮肉に満ちた問いは、血のつながった兄弟が敵対する戦争、《愚か者同士のゲーム》[*49]を前にした親の否認、子どもの無力感や理不尽に思う心情を露呈している。ワジディ・ムアワッドの書いたものには《すべてはどのように始まったのか？》[*50]という問いがつきまとっている。この戦争に関しては、まさに答えのない問題だ。『灼熱の魂』は、謎めいた不透明な基底となった歴史を舞台としている。打ち砕かれた魂たちは必然的にその不可解な基底に落ちていく。起きていることからなにが理解できるだろう？　どうすれば見捨てられたと感じずにいられるだろうか？　《人間が人間を／神々が人間を／喜びが神々を》[*51]見捨てる。理解するための言葉はなく、ただ沈黙があるのみ、忘れ去れという指示があるのみである。《どれも現実に起きたことじゃない……》《もう考えるな》《……おまえは夢を見たんだ》[*52]。どこにでも沈黙があり、誰もが孤児となり、孤立し、力を奪われている。《もとの自分に戻れるほどの力》はなく、ただ《一時しのぎのささやかな力は残っている。それは、わたしたちが知っていることと、感じていることよ。それはいいことであり、悪いことでもある*53》。

*42：本書149ページより。
*43：『アヴィニョン演劇祭への旅』57ページより。
*44：本書150ページより。
*45：本書233ページより。
*46：本書103ページより。
*47：本書220ページより。
*48：本書132ページより。
*49：本書152ページより。
*50：『沿岸』あとがき151ページより。
*51：『森林（*Forêts*）』（ルメアック／アクト・スユッド出版、二〇〇九年）99ページより。
*52：本書83〜84ページより。
*53：本書152ページより。

ワジディ・ムアワッドの作品において、歴史は出発点の不明な破壊と消滅の力である。
それは、赤い道化師の鼻をつけたニハドが両手をナワルの顔に当てたとき、ナワルが上げたあの絶叫にも似た、激しい怒りである。[*54] 歴史家のメラニー・トラヴェルシエは、ワジディ・ムアワッドは《ドキュメンタリー作家であろうとしているわけではない》が、《十九世紀末以降の紛争によって激化する現代の争点から生じた感情や疑問の伝達者である。彼の戯曲は究極の悲劇であり、歴史ものとは呼べない》と書いている。[*55] フレームでも、キャンバスでもない。歴史は下敷きである。混乱に陥《おとしい》れられた大勢の人生の基底をなすものである。

＊54：六十歳のナワルがアブー・タレクを息子だと知るシーン（本書224ページ）のト書きにムアワッドがつけた演出。このシーンでは十五歳のナワルと四十三歳のナワルのそれぞれの出産シーンも交錯する。

＊55：『年代記：歴史、社会科学』550～553ページより。

天井の透明性

◆歴史

しかし、劇場を出たとき、観客はどんよりとして絶望や思考停止に陥ったりはしない。むしろ、衝撃を受けながらも、気持ちが和らぎ、慰められている。それを可能にしたのは、歴史の重みにひけをとらない物語の力である。

個人史――物語がワジディ・ムアワッドの創作の核心であり、四部作をつないでいる。父親の遺体を埋葬する場所を探す息子の物語、未知の父と兄を探し出そうとする双子の物語、母の脳で見つかった骨のルーツを知ろうとする娘の物語、テロを阻止しようとする対テロ国際 諜報《ちょうほう》組織の物語。物語が執筆を促すのだ。『灼熱の魂』は、〝お互いに相手が誰かを知らないまま、息子から拷問を受け強姦される女性〟というフレーズが頭に浮かんだときに生まれた。それまでは何か月もの長いあいだ、皆無の状態だった。キアム刑務所とスーハ・ベシャラだけでは十分ではなかったということだろう。そういった意味で、このふたつの要素は執筆のきっかけではないが、前述のフレーズ（＝虚構）のきっかけとなり、そのフレーズが欲望に火をつけて、執筆を促したのである。はじめに物語があり、それが想像の世界に浸透し、強迫観念のように頭につきまとって離れなくなる。『灼熱の魂』の準備段階で、ムアワッドの関心はレバノン内戦そのものに縛られることはなかったが、レバノン内戦を通して数えきれないほどの問題を検討することになった。どのように語り進めるか？　どの視点から語るか？　どのように始めるか？　母親は拷問人が行方不明の息子であることをどのように知るのか？　観客はそれをどの時点で知るのか？　すぐ知ることになるのか？　母親と同じタイミングで知るのか？　あるいは双子と同じタイミングか？　物語はつねにオデッセイ——冒険譚《たん》に似て、登場人物の少年少女あるいは若者は、《すべてはどのように始まったのか？》を知るために、自分のルーツとなる場所をたどる旅に出る。物語は調査や謎解きの形で語られ、真相は断片的に段階を経て、サスペンスと高まる緊張感の中で開示されていき、すべてが明らかにされた瞬間、最高潮に達した緊張が爆発する。知らずにいたことが闇《やみ》から浮かびあがり、バラバラになっていたものがひとつにまとまり、理解されてなかったことに意味が見出される。大詰めを迎える場面で、ストーリーの辻褄《つじつま》が合い、沈黙が破られる。言葉を継ぐことが可能になり、和解の希望が見えてくる。*56 ムアワッドは、エンディングをどの瞬間に置くかを考えるときに、細心の注意を払う。もし、『灼熱の魂』が、ジャンヌとシモンが真実を知った瞬間にエンディングを迎えていたら、作品は戦慄《せんりつ》が走るものとなり、地平は闇に閉ざされていただろう。しかし、実際は、最後のシーンは公園の中であり、最後の手紙で、ナワルはついに子どもたちに「ジャンヌ」「シモン」と呼びかけ、「あなたたちの母より」と結んでいる。ジャンヌとシモンは一緒にベンチに腰かけて、ウォークマンのイヤホンを共有し、母の沈黙に耳を傾ける。ふたりの両脇《りょうわき》には椅子《いす》がずらりと並び、登場人物全員が座っている。ニハドは、脱皮をするように靴を脱いでから座る。雨に濡《ぬ》れないようにそれぞれが片手で頭上の防水シートを支えている。生き別れになり、のちに再会した息子に宛《あ》てて、ナワルが綴った言葉が響く。《沈黙のむこう側に／一緒にいられることの幸せがあるわ。／一緒にいられることほど美しいものはないの》[*57]。

＊56：とはいえ、四部作最後の『天空（*Ciels*）』は、他の三作と対比させると異なる様相を呈し、統一性に欠けるように思われる。ウィルフリド（『沿岸』）、ルー（『森林』）、ジャンヌとシモンを救ったものが、ヴィクトル（『天空』）を死に追いやる。ムアワッドの作品には保証も確信もなく、希望と絶望が共存する。

＊57：本書231ページより。

物語は観客に慰めの場を提供する。ムアワッドの戯曲は、接近したり遠のいたりしながら、凄まじい力で感情を引き起こす。震えおののかせ、はっとさせ、涙や笑いを誘う。

観客は動揺し、同時に感謝を覚え、みずからの痛みが舞台上でこだまするのを知る。そして、この感情は共有される。この舞台では、実際にカタルシスが体験できる。ある瞬間に、大勢の観客が同じ場所で同じ感覚に押し包まれていることに気づく。こうして、同時に慰めと共有の空間、ひとつの〝コミュニティ〟が生まれるのだが、過去から現在に至るまで、少なくとも中東の歴史においては、この〝コミュニティ〟の実現は依然として不可能なように思われる。

ムアワッドの作品において、物語は言論の場、伝達の場となり、歴史の暴力に抗《あらが》う力になろうとする。《実際に、芸術家として芸術を破壊することによって崩壊した世界を示すことはできますが、支離滅裂の中に一貫性を回復させることによって姿勢を維持するという方法もあります》。[*58] 姿勢を維持する。つまり、支離滅裂な世界の中で一貫した姿勢を貫くことで、嵐《あらし》の海の筏《いかだ》のように歴史とその遠心力に立ち向かうということである。

＊58：『アヴィニョン演劇祭への旅』11ページより。

◆骨

ワジディ・ムアワッドはしばしば、世界各地で紛争が繰り返される時代に、そして、もはや提示される真実——ひとつの真実——のない世界に指標を失《な》くしたまま育った世代に属する思いについて触れている。《ぼくらの世代はベトナム戦争が終わったころに生まれ、もの心ついたときにはレバノン内戦があり、次いでイラン・イラク戦争が起きました。フォークランド紛争に当惑し、その後、旧ユーゴスラビアで起きた戦争に対して、声を上げる必要性を感じたものです。湾岸戦争に続き、ルワンダでは大量虐殺が発生しました。コソボ紛争が起きたのはそのあとです。アルジェリアの内戦についてはまだなにも理解していませんでした。誰もチベット問題について教えてくれず、ソマリアについてもほとんど教わっていません。二〇〇〇年九月にインティファーダ（イスラエルの占領に対するパレスチナ住民の抵抗運動）が発生したとき、ぼくたちは大人になっていました。二〇〇一年九月十一日の同時多発テロで、日常生活は崩壊しました[*59]》。世紀の大虐殺とイデオロギーの失敗を前にして、この世代は歴史の長大な物語を嘆き、混迷と分散の只中《ただなか》に置かれたような感覚に囚《とら》われた。

ムアワッドの中でその感覚はどんどん強まっていく。祖国の動乱に生命を脅《おびや》かされ、亡命することになり、祖国から遠く離れた異国の地に暮らし、母国語を忘れるほど外国語を完璧《かんぺき》に習得したからだ。兄弟たちが血で血を洗う地に生まれた彼は、自分がその暴力に帰属していると感じている。暴力を前にすると、しばしば〝憎しみか狂気か〟という耐えがたい選択しかないように思われる。彼は〝現実から逃避するためでなく、詩に没頭することを理由に狂気に走る〟ほうを選ぶ。それが彼にできる唯一《ゆいいつ》の抵抗の場だった。ジョゼ・ランベール、ランダ・シャハル・サッバーグ、スーハ・ベシャラとの出会いで生まれた感情はおそらく、彼自身も気づかぬうちに、写真や映画、あるいはチーズの包みとアルミ片のペン先を通じて、恐怖に抵抗する詩から生まれた感情なのかもしれない。《今日の芸術活動とはなんでしょうか？》とムアワッドは問う。《それは消化されないものです。芸術は骨であるべきです。歴史にとって食べられないほどかたく、食べようとすると歯が折れます。たとえ呑《の》みこまれても、芸術は歴史の腹の中で放射線を発し、歴史は毒にやられて、芸術を吐き出さざるを得なくなります》[*60]。歴史の不透明性に対抗する詩の透明性。血に対抗するインク。

＊59：『アヴィニョン演劇祭への旅』16〜17ページより。
＊60：同57ページより。

◆交換の物語

物語と言えば、それは取り換えっこの物語だったと言えるだろう。子どもの頃、ぼくはなりゆきで銃器に関してやたら詳しくなった。カラシニコフを分解して磨き、掃除をし、組み立てて、調整をすることができた。子どものぼくにとって、戦争という概念はしばしば遊びの概念に結びついた。のちに、書くという概念が旅の概念に結びつくのと同じである。レバノン内戦のさなか、ぼくは友だちと一緒に、通りすがりの民兵に声をかけては、武器の手入れをして小遣い稼ぎをしていた。眠りにつくときは、遠い将来の自分の勇姿を夢見たものだった。カラシニコフを手に入れ、勇猛果敢な民兵組織に所属する。銃の腕前にかけては右に出る者がなく、何度も殺戮の立役者となり、やがては自分が組織の上に立つ人間になるのだと。ところが、ぼくの両親はなんの疑いもなく、いつまでも終わらない内戦の終結を待つためにフランスに移住したのである。そんなわけで、ぼくは焦《あせ》るあまり、多少なりともカラシニコフの代わりになりそうなものに手を伸ばした。そして、真っ先に摑《つか》んだのが〈パイロット〉Ｖ５の細字ボールペンだった。言葉が実弾に、文章が弾倉に、俳優が機関銃に、劇場が庭になりつつあった。つまり、交換、取り換えっこである。*61

＊61：『フランス演劇手帖《てちょう》（*Les Cahiers du théâtre français*）』（第八巻第一号／二〇〇八年九月）《最後におまえを抱き締める（*Je t'embrasse pour finir*）》124～125ページより。

子ども時代、ムアワッドは故郷の山岳地帯に拠点を置くキリスト教系民兵組織のファランジスト党に出入りしていた。友人の兄たちの多くがそこに参加していた。武器は日常生活の一部であり、彼自身、武器庫を所有する隣人の息子と遊んでいた。彼らが武器庫に近づくと、すぐにその父親から「ベルナール、弾倉に弾が入ってないか確かめろ！」と注意されたらしい。

もしレバノンに留まっていたら、自分も武器を取って、サウダのように人を殺していたかもしれないと、ムアワッドは言う。武器をペンに持ち替えることで、彼は血を流さずに済んだ。もちろん、それは比喩《ひゆ》であり、実際に彼が武器を所持していて、ペンと交換したと考えるのは野暮というものだ。《愛があるところに、憎しみはあり得ない》[＊62]ように、書く行為と破壊する行為とのあいだに交換はあり得ない。ムアワッドはことあるごとに、戦争は執筆の理由ではなく、実験台に過ぎないと主張している[＊63]。書くことと血を流すことは本質的に相容《あいい》れないものである。このふたつの異様な結びつきを体現するのがニハドであり、自分が殺《あや》めた者たちの写真を撮り、魂を傷つけるように歌い、美しいものを歪《ゆが》める。『天空』に登場するクレマンは、同じ理由で[＊64]アナトールと対立する。

また、ナワルはサウダに「あなたには歌がある」と言って、復讐《ふくしゅう》を思いとどまらせようとする。交換のイメージから汲《く》み取らなければならないのは、その意志なのだ。交換は偶然ではなく、選択の結果であり、自分自身との約束から生まれる。憎しみにとらわれず、怒りに屈せず、そして、カフカの言葉「きみと世界の戦いでは、世界を支援せよ」*65に賛同することから生まれるのだ。《悟ったの。世界を壊すか、あの子を取り戻すために手を尽くすか、どちらかを選ばなければならないと》*66というナワルの言葉からわかるように、『灼熱の魂』はこのカフカの箴言《しんげん》にオマージュを捧《ささ》げている。ムアワッドにとって、書くという行為は、戦争、歴史によって奪い取られた世界、子ども時代の楽しい世界を《取り戻す》試みなのだ。

＊62：本書230ページより。

＊63：彼は、さらに《書くという行為は芸術との出会いから生まれる》と書き添えている。

＊64：『天空』（ルメアック／アクト・スュッド出版、二〇〇九年）ではこの葛藤《かっとう》が描かれる。詩人のアナトールは血を求め、強大な力を持つ彼の詩は、恐ろしい世紀の終焉《しゅうえん》を告げる。クレマンにとっては、破壊と詩が結びつくことなどあってはならないことである。その結びつきを見ないようにするため、クレマンはカインと同じ選択をする。《第一章　慟哭《どうこく》の時》と《第十四章　真実》のふたつのシーンがこの葛藤を象徴している。

＊65：カフカ『アフォリズム（*Aphorismes*）』より。

＊66：本書153ページより。《le retrouver（あの子を取り戻す）》の《le》は、ナワルの若い頃に連れ去られた《le fils（息子）》を指すが、《le monde》（世界）と捉えることもできる。

「世界を支援せよ」とはどういう意味か？　《決して誰も憎まない》[67]ことによって、破壊に加担しない、どこにもつかずに中立を守ることである。どの党派も過《あやま》ちを犯しやすく、極端で無分別、内部の結束は固く、それでいて同じ血が流れている者同士で敵対する。二〇〇六年、再び戦争が起きたとき（レバノン・シーア派武装組織がイスラエル国境を侵犯し、これに対してイスラエルがレバノン領内に侵攻した）、ムアワッドは〈ル・ドゥヴォワール〉紙に寄稿し、みずからの《硬直状態》について打ち明けている。

＊67：本書154ページより。

ジャーナリストから中東紛争に対してどんなスタンスを取っているのかと問われ、わたしは嘘《うそ》をつくことができなかった。わたしは、なにもできずにいるというスタンスを取っており、もはやそれはスタンスとは言えず、筋強直《きんきょうちょく》に陥っている、と明かした。斜頸《しゃけい》。ずっと首が傾《かし》いでいるような状態だ。どんなスタンスもとらず、どちらの側にもつかない。ひたすら動揺しているだけである。なぜなら、自分がこの暴力に完全に属しているからだ。わたしは父と母の国を見つめ、自分自身を内省した。自分は人を殺していたかもしれないし、どちらかの陣営に、どこかの党派に属していたかもしれない。侵略し、脅威を与えていたかもしれない。自分の身を守り、抵抗していたかもしれない。なにより、どちらか一方についていたら、自分の挙動のひとつひとつを正当化し、自分の中に巣くう不正を正当化することができるのではないだろうか。(中略)この戦争は自分であり、自分はこの戦争なのだ。*68

＊68:『アヴィニョン演劇祭への旅』《筋強直(La courbature)》68〜72ページより。

それゆえ本作は非難や許しを拒みつつも、さまざまな視点を取り入れようとする。ただひたすら、個々の存在についてものがたり、個々の存在を証明するのみである。ニハドはその顕著な例であり、その名はアブ・ニダル(パレスチナ解放機構の元幹部で、最も危険なテロリストと呼ばれる。自分の名を冠した組織を結成した)の名と共鳴する。息子でありながら母を拷問することになるニハドは、母によって救われる。生まれたときに母がした約束の力で、最後の最後まで愛されていたのだ。ムアワッドは同様に、〝レバノンの悪夢〟のさまざまな側面に焦点を当て、一部だけ切り取った見方や、省略、あるいは長広舌を振るうのを避けるようにしている。『灼熱の魂』がイスラエルによる南レバノン占領を想起させるとしたら、『沿岸』と『トイレにこもったウィリー・プロタゴラス』はシリアの存在を、『クロマニョン家の婚礼の日』はレバノン内戦を取りあげている。

いわば書くことによって、ドイツ語を用いるチェコの詩人の頭文字にちなんだ多角形Kが描かれようとしているが、そのアイデンティティもまた分裂している。この多角形は、同じ家族を構成する者たち――彼らは同じ争い、同じ歴史の当事者でもある――を表すと同時に、不安定な視点や複雑な状況、ひとりひとりの傷つきやすさを表している。《それぞれの視点》や個人の《周辺視野》[*69]は部分的なものに過ぎず、視界に入らないものは見ようがないため、つねに二重の盲点となる死角が存在する。ひとりひとりが自分の無知を知らず、それぞれの状況にはまりこんでいる。ジャンヌとシモンは母が亡《な》くなるまで、自分たちの出生についてまったく知らず、ニハドもみずからの出生についてなにも知らないのである。カフカの「きみと世界の戦いでは、世界を支援せよ」という言葉を幾何学で表さなければならないとしたら、ひょっとすると、この多角形になるのかもしれない。文学的に見て、演劇は視点の多様性と特異性を対にした形で表現できるものなのだ。

＊69：本書38ページより。

世界を支援する〝書く行為〟は、したがって交差点に位置づけられる。その場所は、対立や分裂や怨恨《えんこん》が交錯するにもかかわらず、ひとりひとりが戻るところ、震撼《しんかん》する場所[*70]である。《分散に耐え得る唯一のポジション。彼女の存在を打ち破られた者たちとの連帯の場にするような、綱渡りに近いポジション》[*71]と、ムアワッドは『拷問された人々』の最初のシノプシスで、のちにナワルとなるキャラクターに寄せて書いている。暴力と分散に対抗し、ムアワッドは、疲弊から立ち直るために、無差別の暴力を打ち破る言葉、《呪《のろ》いの言葉》を集め、《破壊を認めない詩の力》[*72]を見つけようとする。《逆に、諦《あきら》めず、なんとしても魂の基底に落ちるおがくずを拾い集め、手の中で大切にとっておく。矛盾のなさ、結束、意味、軸、力、その強さ、その存在を再構成するための、発光する言葉、闇に光るホタルのような詩句は、このおがくずからしか生まれないからだ》[*73]。《「言うに足る言葉がない……」と言う人を信じないこと。むしろ、（中略）なにも残っていなくても、まだ言葉があります。もし、もう言葉がないと言いだしたら、ほんとうにすべてが失われ、闇が広がるばかりです。見つからなくても探すのです》[*74]。たとえ、上り坂がずっと続いていても、疲れ果てるまで探す。たとえ、過ちを繰り返すことになっても。ひたすら生き延びて、光なきところに空気を見つけ、大殺戮のあとであっても言葉を捨てることを拒否すること。絶望しないためには、おそらくケルテース・イムレが「アウシュヴィッツは語らない」[75]という文句を拒否したように、拒否する。ただし、これらの言葉や言語が政治的な発言であってはならず、公《おおやけ》の場であっても、政治に利用するべきではない。《なによりも（中略）政治を語らないこと。むしろ、政治には理解不能な言語を使用すること》。その言語とは、詩の言語であり、時間を、《狂ったように右へ左へと》走り回る《頭を切り落とされたニワトリ》[76]と表現し、戦争を、大地を貪《むさぼ》り尽くす《赤いオオカミ》[77]と表現する言語である。詩は世界に亀裂を走らせ、不透明な基底から垂直に天井の透明さを照らし出す。重力や時間と空間の物理的法則を超え、精神が自由に呼吸できる空間の広がりを見出す。ムアワッドの書くという行為は、スーハが独房の狭い壁で体を支えながら、天井のわずかな開口部までよじ登り、光や地平を見出す行為と一致する。詩とは脱却である。《いつも星を見あげて、決して誰も憎まない》[78]。歴史について問うことは、実は、詩について問うということなのだ。

＊70：『沿岸』のあとがき165ページより。ヤン・パトチカ《震撼させられた者たちの連帯(La solidarité des ébranlés)》
＊71：『約束の血』40ページより。
＊72：『アヴィニョン演劇祭への旅』11ページより。
＊73：同84ページより。

＊74：同《筋強直》68ページより。
＊75：ケルテース・イムレ『生まれなかった子どものための祈り《カディッシュ》（*Kaddish pour l'enfant qui ne naîtra pas*）』（アクト・スュッド出版バベル文庫）47ページより。
＊76：本書125〜126ページより。
＊77：本書84ページより。
＊78：本書154ページより。

（パリ・コリーヌ国立劇場演劇顧問）

ワジディ・ムアワッド著作リスト

【戯曲】

Alphonse（1996）

Le Songe（1996）

Les Mains d'Edwige au moment de la naissance（1999）

Littoral（1999）『沿岸　頼むから静かに死んでくれ（コレクション現代フランス語圏演劇）』山田ひろ美訳／れんが書房新社　※《約束の血 Le Sang des promesses》四部作第一部。二〇〇四年に自身監督を手掛け、同題で映画化

Pacamambo（2000）

Rêves（2002）

Incendies（2003）※本書。《約束の血》四部作第二部。二〇一〇年にドゥニ・ヴィルヌーヴ監督、ルブナ・アザバル主演、同題（邦題『灼熱の魂』）で映画化

Willy Protagoras enfermé dans les toilettes（2004）

Forêts（2006）※《約束の血》四部作第三部
Assoiffés（2007）
Un Obus dans le cœur（2007）
Le Soleil ni la mort ne peuvent se regarder en face（2008）
Seuls: Chemin, texte et peintures（2008）
Ciels（2009）※《約束の血》四部作第四部
Journée de noces chez les Cromagnons（2011）
Temps（2012）
Sœurs（2015）
Une Chienne（2016）
Inflammation du verbe vivre（2016）
Les Larmes d'Œdipe（2016）
Victoires（2017）
Tous des oiseaux（2018）
Mort prématurée d'un chanteur populaire dans la force de l'âge（2021）
Mère（2022）
Racine carrée du verbe être（2023）

【小説】

Visage retrouvé（2002）

Anima（2012）『アニマ』大島ゆい訳／河出書房新社

【児童書】

La Petite Pieuvre qui voulait jouer du piano（2015）

【対談・インタビュー】

"Je suis le méchant!": Entretiens avec André Brassard（2004）※ソフィ・ルトゥルノと共同でのアンドレ・ブラッサールへのインタビュー

Architecture d'un marcheur: Entretiens avec Wajdi Mouawad（2005）※ジャン・フランソワ・コテとの対談

Qui sommes-nous? Fragments d'identité（2011）※ローラ・アドラーとの対談

Avec Wajdi Mouawad: Tout est écriture（2017）※シルヴァン・ディアスとの対談

【エッセイ】

Le Poisson soi（2011）※四部作《約束の血》へとつながる劇作の原点を探求した思索の書

Parole tenue: Les Nuits d'un confinement, mars-avril 2020（2021）※パリ・コリーヌ国立劇場芸術監督就任中の二〇二〇年の日録をまとめたもの

【その他】

Le Sang des promesses: Puzzle, racines et rhizomes（2009）※四部作《約束の血》上演に至る十六年間の創作の軌跡。演出プラン、舞台記録、書簡、作業メモを収録した、ムアワッドの作劇法集成

Beyrouth（2009）※ガブリエーレ・バジリコによる写真十六点とムアワッドの文章によるアートブック

L'Œil（2018）※ムアワッドが寄稿した、デザイナー／編集人ロベール・デルピールが一九五〇年代にスタートさせたアート写真集企画〈L'Encyclopédie essentielle〉最終巻

本書は、本邦初訳の新潮文庫オリジナル作品です。

本作品中には、今日の観点からは差別的表現ともとれる箇所が見られますが、作品の主題となる歴史的・文化的背景に鑑み、原書に忠実な翻訳としたことをお断りいたします。

（新潮文庫編集部）

L・ホワイト
矢口誠訳
気狂いピエロ

運命の女にとり憑かれ転落していく一人の男の妄執を描いた傑作犯罪ノワール。あまりに有名なゴダール監督映画の原作、本邦初訳。

D・E・ウェストレイク
木村二郎訳
ギャンブラーが多すぎる

ギャンブル好きのタクシー運転手が殺人の容疑者に。ギャングにまで追われながら美女とともに奔走する犯人探し——巨匠幻の逸品。

D・E・ウェストレイク
木村二郎訳
うしろにご用心！

不運な泥棒ドートマンダーと仲間たちが企む美術品強奪。思いもよらぬ邪魔立てが次々入り……大人気ユーモア・ミステリー、降臨！

P・ベンジャミン
田口俊樹訳
スクイズ・プレー

探偵マックスに調査を依頼したのは脅迫された元大リーガー。オースターが別名義で発表したデビュー作にして私立探偵小説の名篇。

W・グレアム
三角和代訳
罪の壁

善悪のモラル、恋愛、サスペンス、さまざまな要素を孕み展開する重厚な人間ドラマ。第1回英国推理作家協会最優秀長篇賞受賞作！

D・ヒッチェンズ
矢口誠訳
はなればなれに

前科者の青年二人が孤独な少女と出会ったとき、底なしの闇が彼らを待ち受けていた——。ゴダール映画原作となった傑作青春犯罪小説。

D・R・ポロック
熊谷千寿訳

悪魔はいつもそこに

狂信的だった亡父の記憶に苦しむ青年の運命は、邪《よこしま》な者たちに歪められ、暴力の連鎖へ巻き込まれていく……文学ノワールの完成形！

R・トーマス
松本剛史訳

愚者の街（上・下）

腐敗した街をさらに腐敗させろ――突拍子もない都市再興計画を引き受けた元諜報員。手練手管の騙し合いを描いた巨匠の最高傑作！

R・トーマス
松本剛史訳

狂った宴

楽園を舞台にした放埒な選挙戦は、美女に酒に金にと制御不能な様相を呈していく……。政治的カオスが過熱する悪党どもの騙し合い。

H・マッコイ
田口俊樹訳

屍衣《しい》にポケットはない

ただ真実のみを追い求める記者魂――。疾駆する人間像を活写した、ケイン、チャンドラーと並ぶ伝説の作家の名作が、ここに甦る！

E・アンダースン
矢口 誠訳

夜の人々

脱獄した強盗犯の若者とその恋人の、ひりつくような愛と逃亡の物語。R・チャンドラーが激賞した作家によるノワール小説の名品。

M・ラフ
浜野アキオ訳

魂に秩序を

〝26歳で生まれたぼく〟は、はたして自分を虐待していた継父を殺したのだろうか？ 多重人格障害を題材に描かれた物語の万華鏡！

J・ノックス
池田真紀子訳

堕落刑事

—マンチェスター市警
エイダン・ウェイツ—

ドラッグで停職になった刑事が麻薬組織に潜入捜査。悲劇の連鎖の果てに炙りだした悪の正体とは……大型新人衝撃のデビュー作！

J・ノックス
池田真紀子訳

笑う死体

—マンチェスター市警
エイダン・ウェイツ—

身元不明、指紋無し、なぜか笑顔——謎の死体〈笑う男《スマイリー》〉事件を追うエイダンに迫る狂気の罠。読者を底無き闇に誘《いざな》うシリーズ第二弾！

J・ノックス
池田真紀子訳

スリープウォーカー

—マンチェスター市警
エイダン・ウェイツ—

癌で余命宣告された一家惨殺事件の犯人が病室内で殺害された……。ついに本格ミステリーの謎解きを超えた警察ノワールの完成型。

J・ノックス
池田真紀子訳

トゥルー・クライム・ストーリー

作者すら信用できない——。女子学生失踪事件を取材したノンフィクションに隠された驚愕の真実とは？ 最先端ノワール問題作。

G・D・グリーン
棚橋志行訳

サヴァナの王国

CWA賞最優秀長篇賞受賞

サヴァナに〝王国〟は実在したのか？ 謎の鍵を握る女性が拉致されるが……。歴史の闇を抉る米南部ゴシック・ミステリーの怪作！

W・C・ライアン
土屋 晃訳

真冬の訪問者

内乱下のアイルランドを舞台に、かつて愛した女性の死の真相を探る男が暴いたものとは……？ 胸しめつける歴史ミステリーの至品。

シェイクスピア
福田恆存訳

リア王

純真な末娘より、二人の姉娘の甘言を信じ、すべての権力と財産を引渡したリア王は、やがて裏切られ嵐の荒野へと放逐される……。

シェイクスピア
福田恆存訳

ジュリアス・シーザー

政治の理想に忠実であろうと、ローマの君主シーザーを刺したブルータス。それを弾劾するアントニーの演説は、ローマを動揺させた。

シェイクスピア
福田恆存訳

マクベス

三人の魔女の奇妙な予言と妻の教唆によってダンカン王を殺し即位したマクベスの非業の死！　緊迫感にみちたシェイクスピア悲劇。

シェイクスピア
福田恆存訳

夏の夜の夢・あらし

妖精のいたずらに迷わされる恋人たちが月夜の森にくりひろげる幻想喜劇「夏の夜の夢」、調和と和解の世界を描く最後の傑作「あらし」。

シェイクスピア
福田恆存訳

じゃじゃ馬ならし・空騒ぎ

パデュアの街に展開される楽しい恋のかけひき「じゃじゃ馬ならし」。知事の娘の婚礼前夜に起った大騒動「空騒ぎ」。機知舌戦の二喜劇。

シェイクスピア
福田恆存訳

アントニーとクレオパトラ

シーザー亡きあと、ローマ帝国独裁の野望を秘めながら、エジプトの女王クレオパトラと恋におちたアントニー。情熱にみちた悲劇。

Title : INCENDIES
Author : Wajdi Mouawad

灼《しゃく》熱《ねつ》の魂《たましい》

新潮文庫　ム－2－1

Published 2025 in Japan
by Shinchosha Company

令和七年四月一日発行

訳者　大《おお》林《ばやし》薫《かおり》

発行者　佐藤隆信

発行所　株式会社　新潮社

郵便番号　一六二―八七一一
東京都新宿区矢来町七一
電話　編集部(〇三)三二六六―五四四〇
　　　読者係(〇三)三二六六―五一一一
https://www.shinchosha.co.jp

価格はカバーに表示してあります。

乱丁・落丁本は、ご面倒ですが小社読者係宛ご送付ください。送料小社負担にてお取替えいたします。

印刷・株式会社光邦　製本・株式会社大進堂

ISBN978-4-10-240781-3 C0197